U0066472

瑞蘭國際

瑞蘭國際

QR Code版

PRÉFACE

Voici un nouveau livre de grammaire du français parmi tant d'autres publiés à Taïwan. Contrairement à ce qui existe déjà sur le marché, celui-ci n'a pas été conçu par un professeur "expérimenté", mais par un jeune professeur soucieux de faire vivre la grammaire dans ses classes, au lycée, et de la rendre lisible pour ses jeunes élèves. C'est donc un manuel conçu pour être pratique, facile à utiliser même pour un apprentissage en solitaire.

Il ne couvre pas tous les domaines de la grammaire, mais les bases essentielles pour un débutant. Il permettra de construire des phrases simples, nécessaires à une conversation au quotidien.

Son auteur, Wei-Jie Hong, s'est appuyé sur son expérience avec les lycéens pour sélectionner les points qui lui semblaient importants à traiter et les a présentés de façon à ce que le lecteur puisse progresser seul. Ce manuel peut également être utilisé en classe et servir de référence de base grammaticale pour les élèves des collèges ou des lycées.

Je voudrais le féliciter pour sa persévérance et son souci d'un travail de qualité au service de ses élèves et maintenant de ses lecteurs. Je suis sûr que son travail permettra aux jeunes apprenants de français d'entrer rapidement dans la langue qu'ils souhaitent maîtriser et de communiquer plus aisément avec les francophones.

Souhaitons que ses collègues professeurs dans les lycées sachent en faire un bon usage et peut-être, qui sait, travailler ensemble avec lui pour un nouveau manuel complémentaire à celui-ci !

Alain Monier
Professeur associé
Département de Français
Université Tamkang

推薦序

在台灣已出版的法語書中，這是一本全新的法語文法書，有別於市場已存在的那些著作——這本書不是由一位「經驗豐富」的老師所構想出來的，而是由一位年輕、滿懷熱情的高中法語老師，為了使法語文法更生動，同時讓他的學生也能輕而易舉理解文法，所編寫而成的書。因此本書，是相當實用、易學的，甚至對於想自學法語文法的人也是如此。

本書並非涵蓋所有的法語文法，而是以初學者該學到的基本文法概念為主軸，以期許初學者能以簡單的句子做生活對話。

本書的作者洪偉傑老師，運用了他在高中的教學經驗，挑選出重要的法語文法重點，用特有的方法，讓學習者能輕鬆地提升法語程度。此外，本書也可以在課堂上使用，作為國中、高中生的基本法語文法參考。

我想要恭喜他對本書努力不懈的付出有所成果，以及他對學生們、本書的讀者們在法語學習上的關注。我相信他的付出，將帶領有心學好法語、希望能更自在和法語人士溝通的年輕學習者們，快速踏入他們的法語國度。

希望與他一起在高中任教的同事，知道如何去善用本書。甚至，更進一步，誰知道呢，共同完成一本比本書更完整的新書。

淡江大學法文系副教授

孟尼亞

PRÉFACE

Cette méthode de français est idéale pour un public de collégiens ou de lycéens qui commencent à apprendre le français en deuxième langue. Très bien expliquée dans la langue maternelle des apprenants, agréable à feuilleter, elle permet aux étudiants de s'approprier progressivement les bases de la grammaire française.

Wei-Jie Hong, grâce à son expérience en tant que professeur de français en Français langue étrangère au lycée, ses études à l'Université Tamkang au Département de français et ses études à Paris, est l'auteur d'une méthode sur la grammaire française, qui cerne et explique de façon claire les questions qu'un étudiant taïwanais pourrait se poser.

Avec ces atouts en main, Wei-Jie Hong a élaboré une méthode adaptée aux besoins des collégiens et des lycéens taïwanais qui commencent l'apprentissage de la grammaire française.

Cette méthode est une première approche de la grammaire française, et moi-même étant professeur de français dans plusieurs établissements, je n'hésiterai pas à recommander ce manuel à des étudiants débutants.

Darbas

Lise Darbas
Professeur de Français langue étrangère
Département de Français
Université Tamkang

推薦序

這本法語教材，對於剛開始學習第二外語法語的國中生或是高中生，是十分理想的。詳盡的解釋、容易閱覽的編排，讓學生能循序漸進學習基礎文法。

洪偉傑老師，也是本教材的作者，透過他在高中擔任法語外語教師的經驗以及在淡江大學法文系、法國巴黎第七大學學習的經歷，撰寫並清楚地歸納、解釋台灣學生對法語文法可能會提出的問題。

憑藉著這些豐富的教學以及學習經歷，洪偉傑老師撰寫出一本符合剛開始學習法語文法的台灣國、高中生的教材。

這本教材是踏入法語文法的第一步。身為數個法語教學機構的老師，我會毫不猶豫地推薦此教材給初學法語的學生們。

淡江大學法文系
第二外語法語講師
戴麗絲

AVANT-PROPOS ｜作者序｜

輕輕鬆鬆，跟隨本書的腳步，踏上一場法語文法之旅吧！

在高中任教或是在線上授課時，我發現到很多學生一開始，都是滿懷熱情地想學習法語，但過了數個月之後，這份熱情便漸漸減退，反而感到挫折無比，甚至無聊。我常常聽到學生對我說：「老師，法語聽起來很美、很優雅，但怎麼學起來卻是如此地困難？尤其是法語文法，到最後甚至讓我想放棄了。」但我總是以鼓舞的心態回應他們說：「其實法語文法並不難，跟著老師的步伐，抓住文法的要點和關鍵字，就能迎刃而解。」

在公、私立高中、線上課程、家教等處任教多年後，我有了一個算是特別也可以說是革新的想法：就是用表格、條列的方式，並搭配獨家的口訣式記憶法，讓學生能輕鬆地學會法語文法。這樣的想法，讓我展開了一場新的法語教學旅程——撰寫本書。

本書是按照 CLE Grammaire en dialogues 的文法架構編寫而成，符合歐洲語言共同參考架構 (CECRL) A1-A2 之程度，內容以表格、條列的方式呈現，希望讓學習者能夠輕鬆比對法語相似（易混淆）文法間的差異性，輕而易舉地破解文法的困難處以及盲點。

又，本書都是以對話的形式開頭，拿來作為學習每一章文法的開場白，希望讓學習者能了解到文法與日常對話之間息息相關。畢竟學習法語文法，就是為了能夠說出一句讓人可以理解又很漂亮的法語句子。

本書的用字非常淺顯易懂，這是為了讓學習者能夠不因單字而阻礙了文法學習。如果學習一個文法時，出現了很多不懂的單字，要先查詢單字的意思，才能理解文法的概念，豈不是讓人覺得困難重重嗎？

本書如此編排與設計，就是要告訴學習者，法語文法真的沒那麼難。因此，請用輕鬆的學習態度，跟隨本書的腳步，踏上一場法語文法之旅吧！

COMMENT UTILISER CE MANUEL? ｜如何使用本書｜

學習章節

全書由淺入深，將初級文法分為 34 章，一章一主題，最適合初學者學習的程度與分量。

05 NOM
名詞
Piste 07
Un livre français!
一本法語書！
Monsieur, comment ça se dit en français?
一　陽性名詞和陰性名詞
無性別之分的名詞，基本上其陰陽性沒有固定規則可循，但有些字還是可以藉由某些特定的詞尾來分辨其為陰性或是陽性。
■ 陽性名詞：
陽性名詞詞尾
範例
-ment　moment（時刻）、monument（古蹟）
-age　fromage（乳酪）、village（村落）
-al　journal（報紙）、mal（疼痛）
-eau　bureau（辦公室）、seau（水桶）
-isme　capitalisme（資本主義）、socialisme（社會主義）
-ier　prunier（李子樹）、pommier（蘋果樹）
-ail　travail（工作）、vitrail（彩繪玻璃窗）
-eur　ordinateur（電腦）、compteur（計數器）
-et　jouet（玩具）、paquet（一包）
例句
• Ce n'est pas le moment. 時機還沒到。
• C'est le moment de partir. 這正是離開的時刻。
• Sa mère lui achète un jouet. 他（她）的媽媽買一個玩具給他（她）。
我們常聽別人說，法語是一個很浪漫的語言，不過學起來並不容易，因為光是單字，就有陰、陽性之分。而這一章，我們就要介紹在法語中有陰陽性之分的名詞。又因為名詞有陰陽性之分，所以在背單字時，就需連同單字本身的詞性一起記下。
接下來我們還要談談，名詞怎麼從「陽性」變化成「陰性」、從「單數」變化成「複數」。這些都是有規則可循的！另外，提醒大家，大部分的人或是動物一定有性別之分（男性或女性）。
30 | 法語文法其實沒那麼難！
05. NOM | 31

生活對話

精選與該單元相關的實用生活對話，並搭配生動插圖，讓你輕鬆進入文法重點。

小單元

每章的內容分為幾個小單元逐步說明，一步步穩扎穩打，增進實力！

文法解析表格

用一目瞭然的表格分析文法重點，讓你一看就懂、一懂就會！

法語朗讀音檔

特聘淡江大學法文系法籍名師錄製單字與例句，讓你學文法的同時，增進聽力與口說。

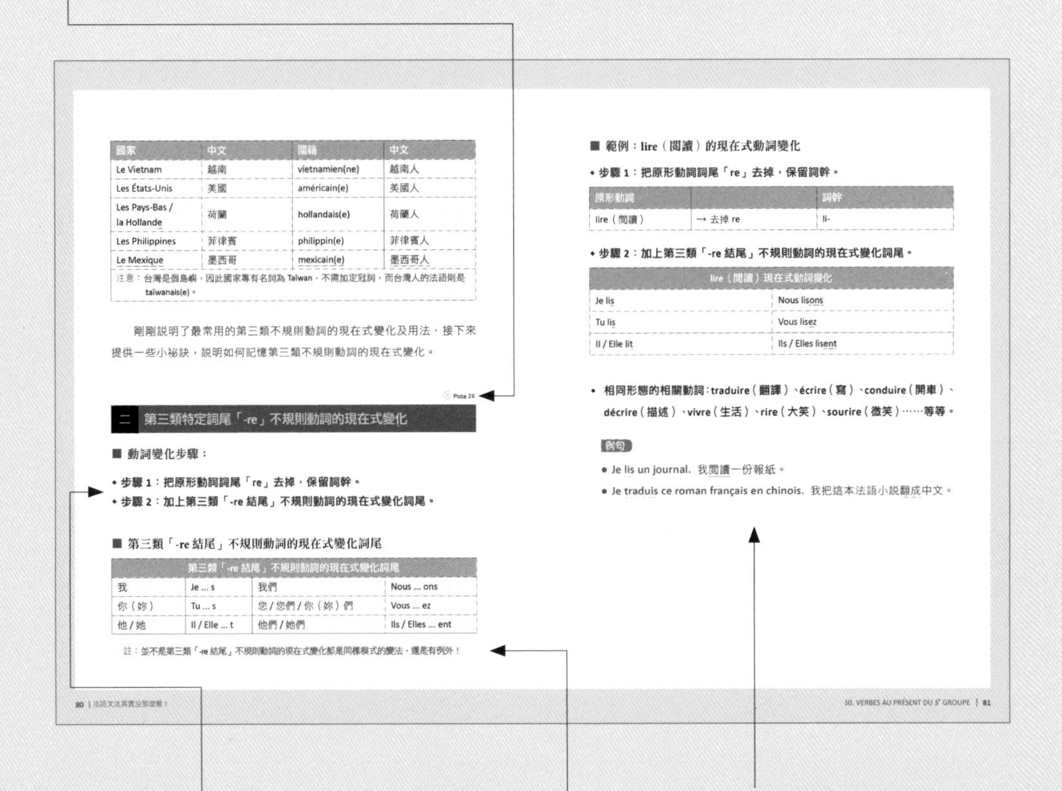

國家	中文	國籍	中文
Le Vietnam	越南	vietnamien(ne)	越南人
Les États-Unis	美國	américain(e)	美國人
Les Pays-Bas / la Hollande	荷蘭	hollandais(e)	荷蘭人
Les Philippines	菲律賓	philippin(e)	菲律賓人
Le Mexique	墨西哥	mexicain(e)	墨西哥人
注意：台灣是個島嶼，因此國家專有名詞為 Taïwan，不需加定冠詞，而台灣人的法語則是 taïwanais(e)。			

剛剛說明了最常用的第三類不規則動詞的現在式變化及用法，接下來提供一些小祕訣，說明如何記憶第三類不規則動詞的現在式變化。

Piste 26

二　第三類特定詞尾「-re」不規則動詞的現在式變化

■ 動詞變化步驟：

- 步驟 1：把原形動詞詞尾「re」去掉，保留詞幹。
- 步驟 2：加上第三類「-re 結尾」不規則動詞的現在式變化詞尾。

■ 第三類「-re 結尾」不規則動詞的現在式變化詞尾

第三類「-re 結尾」不規則動詞的現在式變化詞尾			
我	Je ... s	我們	Nous ... ons
你（妳）	Tu ... s	您 / 您們 / 你（妳）們	Vous ... ez
他 / 她	Il / Elle ... t	他們 / 她們	Ils / Elles ... ent

註：並不是第三類「-re 結尾」不規則動詞的現在式變化都是同樣模式的變法，還是有例外！

■ 範例：lire（閱讀）的現在式動詞變化

- 步驟 1：把原形動詞詞尾「re」去掉，保留詞幹。

原形動詞		詞幹
lire（閱讀）	→ 去掉 re	li-

- 步驟 2：加上第三類「-re 結尾」不規則動詞的現在式變化詞尾。

lire（閱讀）現在式動詞變化	
Je lis	Nous lisons
Tu lis	Vous lisez
Il / Elle lit	Ils / Elles lisent

- 相同形態的相關動詞：traduire（翻譯）、écrire（寫）、conduire（開車）、décrire（描述）、vivre（生活）、rire（大笑）、sourire（微笑）……等等。

例句

- Je lis un journal. 我閱讀一份報紙。
- Je traduis ce roman français en chinois. 我把這本法語小說翻成中文。

80 | 法語文法其實沒那麼難！　　10. VERBES AU PRÉSENT DU 3e GROUPE | 81

步驟拆解

把複雜的文法變化拆解，讓複雜的文法變化內化成簡單的SOP。

特別標註

對於文法規則以及陰陽性，標註的簡短補充說明。

簡單易懂例句

看完表格內的文法重點後，馬上閱讀簡單明瞭的例句，文法印象再加深。

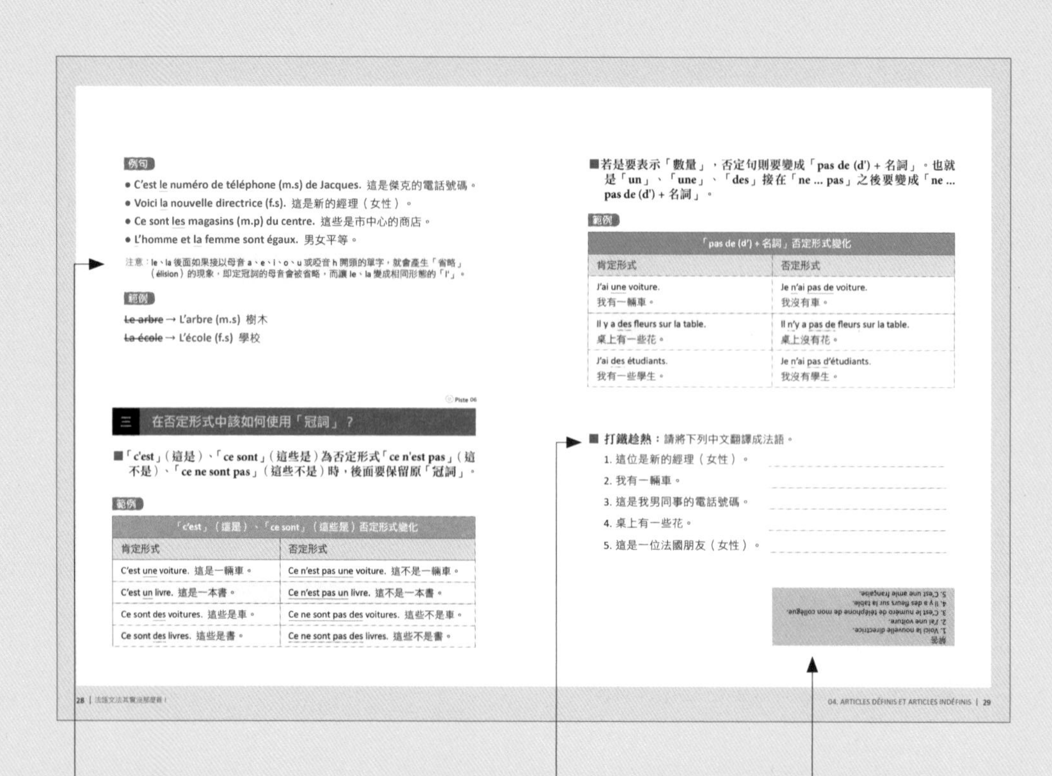

貼心提醒

特別標示初學者應該特別注意的常犯文法錯誤。

打鐵趁熱

每章後都有 5 題小測驗，讓你輕鬆檢視學習成果。

立即解答

倒反的解答，做完測驗後馬上核對答案！

如何掃描 QR Code 下載音檔

1. 以手機內建的相機或是掃描 QR Code 的 App 掃描封面的 QR Code。
2. 點選「雲端硬碟」的連結之後，進入音檔清單畫面，接著點選畫面右上角的「三個點」。
3. 點選「新增至「已加星號」專區」一欄，星星即會變成黃色或黑色，代表加入成功。
4. 開啟電腦，打開您的「雲端硬碟」網頁，點選左側欄位的「已加星號」。
5. 選擇該音檔資料夾，點滑鼠右鍵，選擇「下載」，即可將音檔存入電腦。

SOMMAIRE ｜目次｜

01 PHRASES SIMPLES
法語基本句型

Piste 01

第一章就要開始了，相信大家都充滿著期待與熱忱，想要迎接法語的薰陶。抓緊腳步，讓我們一起朝著法語的國度前進，盡情享受這趟旅程中的驚奇。

首先我們要來談談法語的基本句型。其實法語基本句型的概念和英語大致相同，所以大家不用太擔心學不會或聽不懂。下面我們就開始介紹幾個常見的句型囉！

■ 主詞＋不及物動詞：

主詞	不及物動詞	中文
Il	arrive.	他到了。
Nous	partons.	我們走囉。

■ 主詞＋不及物動詞＋表語：

主詞	不及物動詞	表語	中文
Je	suis	beau.	我很帥。
Tu	es	belle.	妳（女性）很美。
Il	est	étudiant.	他是學生（男性）。
Vous	êtes	professeur.	您是老師（男性或女性）。

註：基本上，法語的「表語」對應中文就像我們所説的「形容詞」，但並不完全都是一樣的用法，因此在使用上也需要多多留意。

■ 主詞＋直接及物動詞＋直接受詞：
（「直接受詞」可以是「名詞」或「原形動詞」）

主詞	直接及物動詞	直接受詞	中文
J’	aime	les chats et les chiens.	我喜歡貓和狗。
Tu	aimes	la cuisine française.	你（妳）喜歡法國菜。
Il	adore	aller au cinéma.	他熱愛去看電影。
Il	adore	faire de la natation.	他熱愛游泳。

■ 主詞＋間接及物動詞＋間接受詞：

主詞	間接及物動詞	間接受詞	中文
Je	téléphone	à ma mère.	我打電話給我的媽媽。
J’	écris	à mon père.	我寫信給我的爸爸。
Il	parle	à son ami.	他跟他的朋友（男性）講話。

■ 主詞＋及物動詞＋直接受詞＋間接受詞：

主詞	及物動詞	直接受詞	間接受詞	中文
Je	donne	un livre	à Pierre.	我給皮埃爾一本書。
Il	présente	Marc	à mes parents.	他把馬克介紹給我的父母。
Elle	dit	la vérité	à son petit ami.	她跟她的男朋友說實話。

■ 主詞 + 及物動詞 + 直接受詞 + 表語：

主詞	及物動詞	直接受詞	表語	中文
Je	trouve	Marc	très beau.	我覺得馬克很帥。
Il	trouve	cela	normal.	他覺得這很正常。
Nous	jugeons	cela	très important.	我們認為這很重要。

看了那麼多的句型結構，好像把大家搞得更加迷糊了。沒關係！其實只要找出一個句子中的「主詞」、「動詞」、「受詞」，就可以掌握法語句型結構了。

02 TEMPS 法語時態概述

法語的時態跟英語的時態很相似，大致上可以分為「現在式」、「過去式」以及「未來式」這三大主要時態。但畢竟法語和英語是兩種不同的語言，在用法上理所當然就會有所差異。接下來我們就來淺談一下法語時態的基本概念，讓大家有一個最基礎的時間軸概念，說明如下：

（1）在法語的時態當中，「現在式」是用來表達現在所發生的一個動作或一個習慣。

（2）「過去式」可分為「剛剛過去式」、「複合過去式」、「未完成過去式」和「過去完成式」這四種。

- 「剛剛過去式」從字面就能很清楚地知道，是要用來表達剛剛才發生的一個動作。
- 「複合過去式」最主要是用來表達過去所做的一個動作。
- 「未完成過去式」則是用來表達過去的一個習慣或是描述一個狀態。
- 「過去完成式」是用來表達對另一個過去的動作而言，更早發生且已完成的動作。

（3）最後，「未來式」可分為「近未來式」、「未來先完成式」、「簡單未來式」這三種，都表示未來將做的某一個動作。至於各自的用法，我們等到後面的幾章再一一論述吧！

■時態示意圖

Plus-que-parfait 過去完成式	Imparfait 未完成過去式	Passé Composé 複合過去式	Passé Récent 剛剛過去式
être 或 avoir imparfait 動詞變化 + 過去分詞	Nous 的現在式動詞變化去掉 ons，加上詞尾： Je ... ais Tu ... ais Il / Elle ... ait Nous ... ions Vous ... iez Ils / Elles ... aient	être 或 avoir 的現在式動詞變化 + 過去分詞	venir de + 原形動詞

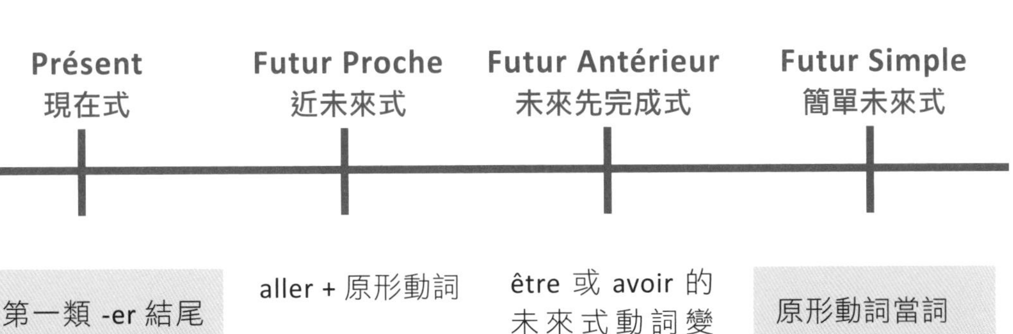

第一類 -er 結尾規則動詞變化去掉 er，加上詞尾：

Je ... e
Tu ... es
Il / Elle ... e
Nous ... ons
Vous ... ez
Ils / Elles ... ent

aller + 原形動詞

être 或 avoir 的未來式動詞變化 + 過去分詞

原形動詞當詞幹，加上詞尾：

Je ... ai
Tu ... as
Il / Elle ... a
Nous ... ons
Vous ... ez
Ils / Elles ... ont

03 PRONOMS SUJETS & PRONOMS TONIQUES

Piste 02

人稱代名詞與重讀音代名詞

一 PRONOMS SUJETS 人稱代名詞

Je suis taïwanais.
Et toi?
我是台灣人。那你呢？
Moi, je suis japonais.
我啊，我是日本人。

什麼是「人稱代名詞」呢？簡單來説，對應到英語就是 I、You、He、She……等等。我們先來觀察下面的表格，接著再來探討其用法。

■人稱代名詞一覽

人稱代名詞			
Je (J')	我	Nous	我們
Tu	你（妳）	Vous	您 / 您們 / 你（妳）們
Il / Elle / On	他 / 她 / 我們	Ils / Elles	他們 / 她們

■人稱代名詞的用法：

（1）je（我）後面跟上的動詞，若是以母音 a、e、i、o、u 或啞音 h 開頭時，必須改成「j'」，並與動詞連誦。

例句

（X）**Je aime la musique.**

（O）**J'aime la musique.** 我喜歡音樂。

（2）日常生活中，「nous」（我們）常被泛指代名詞「on」（我們）所取代，以表示包括說話者在內所有的人。當以「on」為主詞時，其語義雖為複數，但形式上是第三人稱單數，所以「動詞」也為「第三人稱單數」。

例句

- **Nous dînons ensemble ce soir. = On dîne ensemble ce soir.**
  我們今天晚上一起吃晚餐吧。
- **Nous regardons la télé. = On regarde la télé.**
  我們在看電視。

（3）注意 tu（你 / 妳）和 vous（您 / 您們 / 你（妳）們）的差別。

- tu（你 / 妳）的用法只有一種。只有單數的形態，用於稱呼關係較親密的對象，像是夫妻、親子、家人、情人、同事、朋友……等等。
- vous（您 / 您們 / 你（妳）們）的用法有三種。

  「您」：單數形態。敬稱，使用於長輩或不熟的對象。

  「您們」：複數形態。敬稱，使用於長輩或不熟的對象。

  「你（妳）們」：「tu」的複數形態。表達兩人以上的「你（妳）們」。

例句

- **Tu es taïwanais?** 你是台灣人（男性）嗎？
- **Tu es taïwanaise?** 妳是台灣人（女性）嗎？
- **Vous êtes taïwanaise?** 您是台灣人（女性）嗎？
- **Mesdames, vous êtes taïwanaises?** 小姐們，您們是台灣人（女性）嗎？
- **Paul et toi, vous êtes taïwanais?** 保羅和你（妳），你們是台灣人嗎？

■ **打鐵趁熱：**請將正確答案分別填入 1 ～ 6 中。

人稱代名詞			
Je	1.	4.	我們
2.	你（妳）	Vous	5.
Il	3.	6.	他們

解答 1.我 2.Tu 3.他 4.Nous 5.您/您們/你（妳）們 6.Ils

Piste 03

二 PRONOMS TONIQUES 重讀音代名詞

重讀音代名詞有點像英語的 Me、You、Him……等等，但用法並非完全相同喔！重讀音代名詞沒想像中的那麼難，請先觀察下面的表格，再來看重讀音代名詞的用法吧！

■重讀音代名詞一覽

重讀音代名詞			
moi	我	nous	我們
toi	你（妳）	vous	您 / 您們 / 你（妳）們
lui / elle	他 / 她	eux / elles	他們 / 她們

■重讀音代名詞的用法：

（1）「重讀音代名詞」須置於「c'est」（指）之後。

例句

- **A: C'est toi, Paul?** 保羅，是你嗎？
  B: Oui, c'est moi. 是啊，是我啊。

（2）「重讀音代名詞」用來強調「主詞」。

例句

- **Moi, je ne suis pas d'accord.** 我啊，我並不同意。
- **Toi, tu es anglaise.** 妳啊，妳是英國人（女性）。
- **Lui, c'est mon copain.** 他啊，是我的朋友（男性）。

（3）「重讀音代名詞」須置於「介系詞」的後面。

例句

- **Je ne suis pas d'accord avec toi.** 我並不同意你（妳）。
- **Ce livre est à lui.** 這本書是屬於他的。
  → **quelque chose être à quelqu'un** 某東西是屬於某人的
- **Je suis chez moi.** 我在我家。 → 在法語中，想表達「在誰的家」時，要用介系詞「chez」（在……的家）。

（4）「重讀音代名詞」須置於「et」（和）和「ou」（或者）的前面或後面。

例句

- **Paul et moi, nous habitons ensemble.** 保羅和我，我們住在一起。
- **Je m'appelle Paul. Et vous?** 我叫保羅。那您呢？
- **Lui ou elle?** 他或她？

注意：「et」後面不和任何母音連誦喔！

■**打鐵趁熱**：請填入適當的人稱代名詞或重讀音代名詞。

1. Moi, __________ suis taïwanais. 我啊，我是台灣人（男性）。
2. ________, tu es française. 妳啊，妳是法國人（女性）。
3. Lui, ___________ est américain. 他啊，他是美國人（男性）。
4. ________, elle est chinoise. 她啊，她是中國人（女性）。
5. Nous, _________ sommes italiens. 我們啊，我們是義大利人。

解答 1. je 2. Toi 3. il 4. Elle 5. nous

04 ARTICLES DÉFINIS ET ARTICLES INDÉFINIS

Piste 04

定冠詞與不定冠詞

C'est un professeur ?
這是一位老師？
Oui, c'est le professeur de Pierre.
是啊，這是皮埃爾的老師。

又來到新的一章了，本章要探討的主題是「冠詞」。在開始前我們先釐清什麼是「冠詞」？簡單來說，就是在「名詞」前面加上某個特定的字來限定名詞，無論是「定冠詞」、「不定冠詞」或是「部分冠詞」都一樣。不過在這一章，我們只先講「不定冠詞」和「定冠詞」。

一　不定冠詞

「不定冠詞」表示其所限定的名詞是泛指的，可接人或物。

不定冠詞	
陽性單數	un（一個或一位）
陰性單數	une（一個或一位）
陽性複數 / 陰性複數	des（一些）

例句

- **C'est un ami (m.s).** 這是一位朋友（男性）。
- **J'achète une voiture (f.s) confortable.** 我買一輛舒適的車。
- **Il y a des stylos (m.p) sur la table.** 桌上有一些原子筆。
- **Il y a des fleurs (f.p) dans le vase.** 花瓶裡有一些花。

註：f.s 代表「陰性單數名詞」、m.s 代表「陽性單數名詞」、f.p 代表「陰性複數名詞」、m.p 代表「陽性複數名詞」

不定冠詞和定冠詞的「單數」都有陰陽性之分，因此，在背誦一個法語單字時，必須連它的詞性一起記。雖然法語單字的詞性是有跡可循的，但仍然有部分是例外。

Piste 05

二　定冠詞

定冠詞用來限定名詞，就好比英語的「The」一樣。

定冠詞		
	在子音前	在母音或啞音 h 前
陽性單數	le	l'
陰性單數	la	
陽性複數 / 陰性複數	les	

例句

- **C'est le numéro de téléphone (m.s) de Jacques.** 這是傑克的電話號碼。
- **Voici la nouvelle directrice (f.s).** 這是新的經理（女性）。
- **Ce sont les magasins (m.p) du centre.** 這些是市中心的商店。
- **L'homme et la femme sont égaux.** 男女平等。

注意：le、la 後面如果接以母音 a、e、i、o、u 或啞音 h 開頭的單字，就會產生「省略」（élision）的現象，即定冠詞的母音會被省略，而讓 le、la 變成相同形態的「l'」。

範例

~~Le arbre~~ → L'arbre (m.s) 樹木

~~La école~~ → L'école (f.s) 學校

Piste 06

三 在否定形式中該如何使用「冠詞」？

■「**c'est**」（**這是**）、「**ce sont**」（**這些是**）**為否定形式**「**ce n'est pas**」（**這不是**）、「**ce ne sont pas**」（**這些不是**）**時，後面要保留原「冠詞」。**

範例

「c'est」（這是）、「ce sont」（這些是）否定形式變化	
肯定形式	否定形式
C'est une voiture. 這是一輛車。	Ce n'est pas une voiture. 這不是一輛車。
C'est un livre. 這是一本書。	Ce n'est pas un livre. 這不是一本書。
Ce sont des voitures. 這些是車。	Ce ne sont pas des voitures. 這些不是車。
Ce sont des livres. 這些是書。	Ce ne sont pas des livres. 這些不是書。

■若是要表示「數量」，否定句則要變成「**pas de (d') + 名詞**」。也就是「**un**」、「**une**」、「**des**」接在「**ne ... pas**」之後要變成「**ne ... pas de (d') + 名詞**」。

範例

「pas de (d') + 名詞」否定形式變化	
肯定形式	否定形式
J'ai une voiture. 我有一輛車。	Je n'ai pas de voiture. 我沒有車。
Il y a des fleurs sur la table. 桌上有一些花。	Il n'y a pas de fleurs sur la table. 桌上沒有花。
J'ai des étudiants. 我有一些學生。	Je n'ai pas d'étudiants. 我沒有學生。

■ **打鐵趁熱**：請將下列中文翻譯成法語。

1. 這位是新的經理（女性）。 ______________________
2. 我有一輛車。 ______________________
3. 這是我男同事的電話號碼。 ______________________
4. 桌上有一些花。 ______________________
5. 這是一位法國朋友（女性）。 ______________________

解答
1. Voici la nouvelle directrice.
2. J'ai une voiture.
3. C'est le numéro de téléphone de mon collègue.
4. Il y a des fleurs sur la table.
5. C'est une amie française.

05 NOM
名詞

Piste 07

我們常聽別人說，法語是一個很浪漫的語言，不過學起來並不容易，因為光是單字，就有陰、陽性之分。而這一章，我們就要介紹在法語中有陰陽性之分的名詞。又因為名詞有陰陽性之分，所以在背單字時，就需連同單字本身的詞性一起記下。

接下來我們還要談談，名詞怎麼從「陽性」變化成「陰性」、從「單數」變化成「複數」。這些都是有規則可循的！另外，提醒大家，大部分的人或是動物一定有性別之分（男性或女性）。

一　陽性名詞和陰性名詞

無性別之分的名詞，基本上其陰陽性沒有固定規則可循，但有些字還是可以藉由某些特定的詞尾來分辨其為陰性或是陽性。

■ 陽性名詞：

陽性名詞詞尾	
	範例
-ment	moment（時刻）、monument（古蹟）
-age	fromage（乳酪）、village（村落）
-al	journal（報紙）、mal（疼痛）
-eau	bureau（辦公室）、seau（水桶）
-isme	capitalisme（資本主義）、socialisme（社會主義）
-ier	prunier（李子樹）、pommier（蘋果樹）
-ail	travail（工作）、vitrail（彩繪玻璃窗）
-eur	ordinateur（電腦）、compteur（計數器）
-et	jouet（玩具）、paquet（一包）

例句

- **Ce n'est pas le moment.** 時機還沒到。
- **C'est le moment de partir.** 這正是離開的時刻。
- **Sa mère lui achète un jouet.** 他（她）的媽媽買一個玩具給他（她）。

■陰性名詞：

陰性名詞詞尾	
	範例
-ion	télévision（電視）、information（消息）
-ée	idée（想法）、arrivée（到達）
-té	nationalité（國籍）、santé（健康）
-ure	sculpture（雕刻）、peinture（繪畫）
-ette	cigarette（香菸）、allumette（火柴）
-ie	vie（生活）、photographie（攝影）
-ude	habitude（習慣）、étude（學業）
-esse	politesse（禮貌）、vitesse（速度）

例句

- **J'ai une bonne idée.** 我有一個好點子。
- **C'est une mauvaise idée.** 這是一個壞點子。
- **Je regarde la télévision tous les jours.** 我每天都看電視。
- **La vie est belle.** 人生很美好。
- **C'est bon pour la santé.** 這對健康很好。

Piste 08

二 陽性名詞 → 陰性名詞

■一般而言，陽性名詞變化成陰性名詞，只要在詞尾加上「e」。

一般陰性名詞的變化法	
→ -e	un Français（男法國人）→ une Française（女法國人）

特定詞尾的變化法	
-e → -e	un photographe（男攝影師）→ une photographe（女攝影師）
-ien → -ienne	un Italien（男義大利人）→ une Italienne（女義大利人）
-on → -onne	un patron（男老闆）→ une patronne（女老闆）
-er → -ère	un étranger（男外國人）→ une étrangère（女外國人）
-eur → -euse	un danseur（男舞蹈家）→ une danseuse（女舞蹈家）
-teur → -trice	un acteur（男演員）→ une actrice（女演員）

例句

- **A: C'est un Japonais?** 這是一位日本人（男性）嗎？
  B: Non, c'est une Japonaise. 不，這是一位日本人（女性）。
- **A: Il est acteur?** 他是演員（男性）嗎？
  B: Oui, il est acteur. 是啊，他是演員（男性）。
- **A: Elle est actrice?** 她是演員（女性）嗎？
  B: Non, elle est danseuse. 不，她是舞蹈家（女性）。

■某些有性別之分的名詞，各有其字。

有性別之分的名詞			
陽性		陰性	
un homme	男人	une femme	女人
un père	爸爸	une mère	媽媽
un garçon	男孩	une fille	女孩
un fils	兒子	une fille	女兒
un mari	丈夫	une femme	太太
un oncle	叔叔	une tante	阿姨
un neveu	外甥	une nièce	外甥女
un frère	兄弟	une sœur	姊妹

例句

- **A: Qui est-ce?** 這是誰？

  B: C'est mon mari, Marc. 這是我的丈夫，馬克。

- **A: C'est ta fille?** 這是你（妳）的女兒嗎？

  B: Non, c'est ma nièce. 不，這是我的外甥女。

Piste 09

三 單數名詞 → 複數名詞

■一般而言，「單數名詞」變化成「複數名詞」，只要在詞尾加上「s」。

一般複數名詞的變化法	
→ -s	un ami → des amis（朋友（男性））

特定詞尾的變化法	
-u → -ux	un château → des châteaux（城堡）
-al → -aux -ail → -aux	un journal → des journaux（報紙） un travail → des travaux（工作）
-s → -s -z → -z -x → -x	un pays → des pays（國家） un gaz → des gaz（石油） une voix → des voix（聲音）

例句

- **Elle a un enfant.** 她有一個小孩。→ **Elle a deux enfants.** 她有兩個小孩。
- **C'est un château.** 這是一座城堡。→ **Ce sont des châteaux.** 這些是城堡。

■單數名詞變複數名詞的「不規則變化」：

單數名詞變複數名詞的「不規則變化」	
單數	複數
un œil	→ des yeux（眼睛）
monsieur	→ messieurs（先生）
madame	→ mesdames（太太）
mademoiselle	→ mesdemoiselles（小姐）

■ 打鐵趁熱：

請把「陽性名詞」改成「陰性名詞」，或把「單數名詞」改成「複數名詞」。

1. un journaliste → une ____________________（新聞記者）
2. un bijoutier → une ____________________（珠寶商）
3. un directeur → une ____________________（經理）
4. un vendeur → des ____________________（賣家）
5. un château → des ____________________（城堡）

解答 1. journaliste 2. bijoutière 3. directrice 4. vendeurs 5. châteaux

L'homme qui sait réfléchir est celui qui a la force illimitée. —— Balzac

一個能思考的人，才真的是一個力量無邊的人。——巴爾札克

06 ARTICLES PARTITIFS
部分冠詞

Piste 10

定冠詞或不定冠詞，相信大家已經在第四章學得很好了。緊接著在這一章中，要探討的是「部分冠詞」。什麼是「部分冠詞」呢？基本上中文的語意是「一些」，所表達的是一個「不確定的數量」或「不可數總量的一部分」，像是麵包、咖啡、水、肉、陽光、風……等等。當然，「抽象的名詞」前面，也是要用部分冠詞，像是勇氣、幸運、耐心……等等。但，如果是「可數名詞」想要表達「一些」，則要使用「不定冠詞 des」，像是蘋果、鳳梨……等等。

一 表達「一些」的部分冠詞、不定冠詞一覽

不可數名詞表達「一些」：部分冠詞	
肯定形式	否定形式
du + 陽性單數名詞	pas de + 陽性單數名詞
le beurre → du beurre（一些牛油） le soleil → du soleil（一些陽光）	pas de beurre（沒有牛油） pas de soleil（沒有太陽）
de la + 陰性單數名詞	pas de + 陰性單數名詞
la confiture → de la confiture（一些果醬） la patience → de la patience（一些耐心）	pas de confiture（沒有果醬） pas de patience（沒有耐心）
de l' + 母音 a、e、i、o、u 或啞音 h 開頭單數名詞	pas d' + 母音 a、e、i、o、u 或啞音 h 開頭單數名詞
l'eau → de l'eau（一些水） l'huile → de l'huile（一些油）	pas d'eau（沒有水） pas d'huile（沒有油）

可數名詞表達「一些」：不定冠詞	
肯定形式	否定形式
des + 可數（陽性、陰性）複數名詞	pas de + 可數（陽性、陰性）複數名詞
des ananas（一些鳳梨）(m.p) des pommes（一些蘋果）(f.p)	pas d'ananas（沒有鳳梨） pas de pommes（沒有蘋果）

註：f.s 代表「陰性單數名詞」、m.s 代表「陽性單數名詞」、f.p 代表「陰性複數名詞」、m.p 代表「陽性複數名詞」

Piste 11

二 部分冠詞的用法

■ 置於一具體名詞前面，指出一個「不確定的數量」或「不可數總量的一部分」。

例句

- Je mange du poisson. 我吃魚肉。
- Le matin, je bois du thé noir avec du lait. 每天早上，我喝紅茶拿鐵。

■ 置於「抽象名詞」前面。

例句

- Il a du courage. 他有勇氣。
- Tu as de la chance. 你（妳）很幸運。

■ 部分冠詞的否定為「ne ... pas de（d'）+ 名詞」。

記得「de」在部分冠詞的否定中是一個「不變的字」，如果後面接續以「母音開頭」的單字，就要寫成「d'」。同樣的，「ne」後面接續以「母音開頭」的單字，也需要縮寫成「n'」。

例句

- Je ne bois pas d'alcool. 我不喝酒。
- Tu n'as pas d'argent? 你（妳）沒有錢嗎？

Piste 12

三 部分冠詞、不定冠詞「肯定形式」與「否定形式」比較

部分冠詞、不定冠詞「肯定形式」與「否定形式」比較	
肯定形式	否定形式
Tu manges du poisson? 你（妳）吃魚肉嗎？	Non, je ne mange pas de poisson. 不，我不吃魚肉。
Tu bois de la bière? 你（妳）喝啤酒嗎？	Non, je ne bois pas de bière. 不，我不喝啤酒。
Tu veux de l'eau? 你（妳）想要一些水嗎？	Non, je ne veux pas d'eau. 不，我不想要水。
Tu achètes des pommes? 你（妳）買一些蘋果嗎？	Non, je n'achète pas de pommes. 不，我沒有買蘋果。

Piste 13

四 比較不定冠詞、部分冠詞的差異

- **J'achète un poisson.** 我買一隻魚。→ 表達買了一隻魚。
- **Je mange du poisson.** 我吃魚肉。
  → 表達吃了一些魚肉（一隻魚的某一部分）。
- **Il y a des poissons dans la mare.** 水塘中有幾條魚。
  → 表達有好幾條魚在水塘中。

■ **打鐵趁熱**：請試著找出正確的部分冠詞。

範例	
le jambon（火腿）	**du jambon**
la bière（啤酒）	1.
le vin rouge（紅酒）	2.
le sucre（糖）	3.
la crème（奶油）	4.
le parfum（香水）	5.

解答 1. de la bière 2. du vin rouge 3. du sucre 4. de la crème 5. du parfum

Qui cherche, trouve. Vouloir, c'est pouvoir.
有志者事竟成。

07 EXPRESSION DE LA QUANTITÉ

量詞

Piste 14

Je voudrais un kilo de pommes, s'il vous plaît.
麻煩您給我一公斤的蘋果。
Qu'est-ce que vous voulez?
您今天想要買什麼？

在日常生活中，我們經常使用量詞，像是去餐廳吃飯、購物、買票……等等。在這一章，就要學習法語的「量詞」。「量詞」是什麼呢？簡單來說，是用來表示事物的單位詞，例如「一公斤的」、「一包的」、「一條的」……等等。我們先來觀察以下的量詞表格吧！

一　常見量詞一覽

常見量詞一覽	
量詞	範例
un kilo de（一公斤的）	un kilo de cerises（一公斤的櫻桃）
100 grammes de（一百克的）	100 grammes de farine（一百克的麵粉）
un litre de（一公升的）	un litre de lait（一公升的牛奶）
un tube de（一條的）	un tube de dentifrice（一條牙膏）
un pot de（一罐的）	un pot de confiture（一罐果醬）
un paquet de（一包的）	un paquet de biscuits（一包餅乾）
une tranche de（一片的）	une tranche de jambon（一片火腿）
un morceau de（一塊的）	un morceau de gâteau（一塊蛋糕）
un verre de（一杯的（玻璃杯））	un verre d'eau（一杯水）
une carafe de（一壺的）	une carafe de vin（一壺酒）
une boîte de（一盒的）	une boîte de thé（一盒茶）
une livre de（半斤的）	une livre de cerises（半斤的櫻桃）
une bouteille de（一瓶的）	une bouteille d'eau（一瓶水）
trop de（太多的）	trop de sucre（太多的糖）
moins de （太少的）	moins de sel（太少的鹽巴）
beaucoup de（很多的）	beaucoup d'amis（很多的朋友）
pas mal de （不少的）	pas mal de fruits de mer（不少的海鮮）
assez de（足夠的）	assez de légumes（足夠的蔬菜）
un peu de（一點點的）	un peu de crème（一點點的奶油）
peu de（很少的）	peu de sel（很少的鹽巴）

注意：當使用形容詞 quelques（幾個的）時，後面不會先接上 de 再接名詞喔！

quelques + 可數複數（陽性、陰性）名詞（幾個的）	quelques melons（幾個哈密瓜） quelques poires（幾個水梨）

Piste 15

二 量詞的用法

■ 量詞的「de」是一個不變的字，但後面接的是以母音 a、e、i、o、u 或啞音 h 開頭的名詞時，需要縮寫成「d'」。

例如

- **beaucoup ~~de~~ huile → beaucoup d'huile** 很多油
- **beaucoup ~~de~~ eau → beaucoup d'eau** 很多水

■ 量詞後面，如果接的名詞是「可數名詞」要加「s」，若接不可數則不加。

（1）「可數名詞」：

例句

- **On n'a pas assez de carottes.** 我們沒有足夠的紅蘿蔔。
- **Il faut un kilo de cerises.** 需要一公斤的櫻桃。

（2）「不可數名詞」：

例句

- **Je voudrais une bouteille d'eau, s'il vous plaît!** 麻煩您給我一瓶水！
- **Il reste un peu de sel dans la boîte.** 罐子裡剩下一點點的鹽。

■ 打鐵趁熱：請將下列中文翻譯成法語。

1. 我買一罐果醬。 ______________________________
2. 他吃一包餅乾。 ______________________________
3. 我們沒有足夠的紅蘿蔔。 ______________________________
4. 麻煩您給我一瓶水！ ______________________________
5. 罐子裡剩下一點點的鹽。 ______________________________

解答
1. J'achète un pot de confiture.
2. Il mange un paquet de biscuits.
3. On n'a pas assez de carottes.
4. Je voudrais une bouteille d'eau, s'il vous plaît!
5. Il reste un peu de sel dans la boîte.

08 VERBES AU PRÉSENT DU 1er GROUPE

Piste 16

第一類「-er 結尾」規則動詞的現在式變化

Tu parles le français?
妳說法語嗎？
Oui, un petit peu!
是的，一點點！

在學「現在式動詞變化」之前，我們要釐清「現在式」是什麼。所謂的「現在式」，就是在表達「現在正在做的一個動作或一個習慣性的動作」，其實這跟英語現在式的概念是大同小異的。了解這個概念後，接下來就來看法語動詞的種類以及其現在式變化。

法語的動詞，可以區分為三類，分別是：第一類「-er 結尾」的規則動詞、第二類「-ir 結尾」的規則動詞、以及第三類不規則動詞。

在這一章中，我們要先探討第一類「-er 結尾」規則動詞的現在式變化。這類動詞並不單單只是「一個動詞」而已，而是「一組」規則的動詞。也就是說，只要是屬於這個群組的動詞，都有「同一種模式」的現在式動詞變化。所以，只要記住一種模式，就可以學會好幾百種「-er 結尾」的現在式規則動詞變化。

接著先來介紹「一般」第一類「-er 結尾」的規則現在式動詞變化，再一一介紹五種「特定詞尾」的規則現在式動詞變化。

一 現在式概念圖

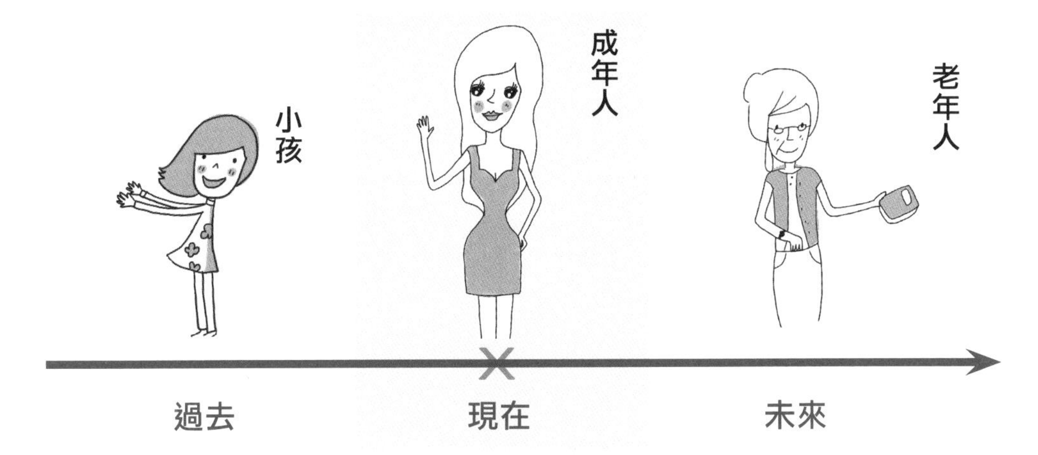

二 現在式的用法

■ 表達一個現在正在做的動作。

例句

- **Tu regardes la télévision en ce moment?** 你（妳）現在在看電視嗎？
- **Je pense à toi.** 我正在想你（妳）。

■ 表達固定的習慣。

例句

- **Tous les matins, je bois un bol de chocolat.**
  我每天早上都喝一大碗的巧克力。
- **Tous les soirs, je téléphone à mon petit ami.**
  我每天晚上都打給我的男朋友。

■ 描述現在的一個狀態。

例句

- **Tu habites à Paris?** 你（妳）住在巴黎嗎？
- **Tu vis seul?** 你自己住嗎？

■ 表達喜好。

例句

- **Tu aimes chanter?** 你（妳）喜歡唱歌嗎？
- **Tu détestes danser?** 你（妳）討厭跳舞嗎？

■ 表達看法。

例句

- **Qu'est-ce que tu penses du quartier?** 你（妳）覺得這個地區如何？
- **Qu'est-ce que tu en penses?** 你（妳）覺得這怎麼樣呢？

Piste 17

三 第一類「-er 結尾」規則動詞的現在式變化

■ 動詞變化步驟：

- 步驟 1：把原形動詞詞尾的「er」去掉，保留詞幹。
- 步驟 2：加上第一類「-er 結尾」規則動詞的現在式變化詞尾。

■ 第一類「-er 結尾」規則動詞的現在式變化詞尾

第一類「-er 結尾」規則動詞的現在式變化詞尾			
我	Je ... e	我們	Nous ... ons
你（妳）	Tu ... es	您 / 您們 / 你（妳）們	Vous ... ez
他 / 她	Il / Elle ... e	他們 / 她們	Ils / Elles ... ent

■ 範例 1：parler（說話）的現在式動詞變化

- 步驟 1：把原形動詞詞尾的「er」去掉，保留詞幹。

原形動詞		詞幹
parler（說話）	→ 去掉 er	parl-

- 步驟 2：加上第一類「-er 結尾」規則動詞的現在式變化詞尾。

parler（說話）現在式動詞變化	
Je parle	Nous parlons
Tu parles	Vous parlez
Il / Elle parle	Ils / Elles parlent

◆ **parler（說話）常用句型：**

parler +（定冠詞）+ 語言名詞 → 說什麼語言

例句

- **Vous parlez (le) français?** 您說法語嗎？
- **Je parle un petit peu (le) français.** 我說一點點的法語。
- **Je parle (le) français.** 我說法語。
- **Je parle très bien (le) français.** 我法語說得很好。
- **Je parle couramment (le) français.** 我法語說得很流利。

範例 2：aimer（喜歡）的現在式動詞變化

◆ **步驟 1：把原形動詞詞尾的「er」去掉，保留詞幹。**

原形動詞		詞幹
aimer（喜歡）	→ 去掉 er	aim-

◆ **步驟 2：加上第一類「-er 結尾」規則動詞的現在式變化詞尾。**

aimer（喜歡）現在式動詞變化	
J'aime	Nous aimons
Tu aimes	Vous aimez
Il / Elle aime	Ils / Elles aiment

◆ **aimer（喜歡）動詞的用法：**

「喜歡」或「討厭」的動詞後面，除了可以接上「定冠詞」（le、la、les）之名詞，也可接上「原形動詞」。與喜好相關的動詞有：aimer（喜歡）、adorer（熱愛）、préférer（較喜歡）、détester（討厭）、haïr（討厭）……等等。

◆ **與喜好相關動詞接上名詞之例句：**

- **J'aime les chats et les chiens.** 我喜歡貓和狗。
- **Je préfère les petites boutiques aux grands magasins.**
  我較喜歡小商店勝過於百貨公司。

◆ **與喜好相關動詞接上動詞之例句：**

- **J'adore écouter de la musique.** 我熱愛聽音樂。
- **Je déteste manger des légumes.** 我討厭吃青菜。

注意：je（我）後面跟上的動詞，若是以母音 a、e、i、o、u 或啞音 h 開頭時，必須改成「j'」，並與動詞連誦。

Piste 18

四 第一類特定詞尾「-cer」規則動詞的現在式變化：-cer → Nous ... çons

■ 此類動詞的特殊變化：

若原形動詞的詞尾為「-cer」，第一人稱複數（nous）現在式動詞變化中的「... cons」，要改成「... çons」。

■ 「-cer」規則動詞的現在式變化詞尾

「-cer」規則動詞的現在式變化詞尾			
我	Je ... ce	我們	Nous ... çons
你（妳）	Tu ... ces	您 / 您們 / 你（妳）們	Vous ... cez
他 / 她	Il / Elle ... ce	他們 / 她們	Ils / Elles ... cent

■ 範例：commencer（開始）的現在式動詞變化

◆ **步驟 1：把原形動詞詞尾的「er」去掉，保留詞幹。**

原形動詞		詞幹
commencer（開始）	→ 去掉 er	commenc-

◆ **步驟 2：加上第一類「特定詞尾」規則動詞的現在式變化詞尾。**

commencer（開始）現在式動詞變化	
Je commence	Nous commençons
Tu commences	Vous commencez
Il / Elle commence	Ils / Elles commencent

例句

- A: Le film commence à quelle heure? 影片在幾點開始播放？

  B: Il commence à sept heures du soir. 晚上七點開始。

- **相同形態的相關動詞：avancer（使前進）、lancer（投擲）、prononcer（發音）……等等。**

例句

- La voiture avance lentement. 車子緩緩地往前行駛。
- Nous lançons des cailloux dans la rivière. 我們把小石頭往河裡扔。

Piste 19

五 第一類特定詞尾「-ger」規則動詞的現在式變化：-ger → Nous ... geons

■ 此類動詞的特殊變化：

若原形動詞的詞尾為「-ger」，第一人稱複數（nous）現在式動詞變化中的「... gons」，要改成「... geons」。

■ 「-ger」規則動詞的現在式變化詞尾

「-ger」規則動詞的現在式變化詞尾			
我	Je ... ge	我們	Nous ... geons
你（妳）	Tu ... ges	您 / 您們 / 你（妳）們	Vous ... gez
他 / 她	Il / Elle ... ge	他們 / 她們	Ils / Elles ... gent

■ 範例：manger（吃）的現在式動詞變化

◆ 步驟 1：把原形動詞詞尾的「er」去掉，保留詞幹。

原形動詞		詞幹
manger（吃）	→ 去掉 er	mang-

◆ 步驟 2：加上第一類「特定詞尾」規則動詞的現在式變化詞尾。

manger（吃）現在式動詞變化	
Je mange	Nous mangeons
Tu manges	Vous mangez
Il / Elle mange	Ils / Elles mangent

例句

- A: Il mange beaucoup? 他吃很多嗎？
  B: Non, il mange un peu. 不，他只吃一點點。

◆ **相同形態的相關動詞：changer（改變）、nager（游泳）、voyager（旅行）、partager（分享）……等等。**

例句

- Nous nageons tous les jours. 我們每天都會去游泳。
- Nous voyageons souvent en France. 我們常常去法國旅遊。

Piste 20

六 第一類特定詞尾「e/é+子音+er」規則動詞的現在式變化：e/é+子音+er→子音前的e/é加上重音符號（Nous、Vous不變）

■ 此類動詞的特殊變化：

若原形動詞詞尾為「e / é + 子音 + er」形態時，現在式動詞變化在子音前的 e 或 é 會加上「重音符號」，但在 Nous（我們）、Vous（您 / 您們 / 你（妳）們）的變化中則不會出現。

■ 「e / é + 子音 + er」規則動詞的現在式變化詞尾

「e / é + 子音 + er」規則動詞的現在式變化詞尾			
我	Je ... è 子音 e	我們	Nous ... e / é 子音 ons
你（妳）	Tu ... è 子音 es	您 / 您們 / 你（妳）們	Vous ... e / é 子音 ez
他 / 她	Il / Elle ... è 子音 e	他們 / 她們	Ils / Elles ... è 子音 ent

■ 範例 1：acheter（買）的現在式動詞變化

◆ 步驟 1：把原形動詞詞尾的「er」去掉，保留詞幹。

原形動詞		詞幹
acheter（買）	→ 去掉 er	achet-

◆ 步驟 2：加上第一類「特定詞尾」規則動詞的現在式變化詞尾。

acheter（買）現在式動詞變化	
J'achète	Nous achetons
Tu achètes	Vous achetez
Il / Elle achète	Ils / Elles achètent

例句

- **A: Qu'est-ce que tu achètes?** 你（妳）在買什麼？

  B: J'achète un gâteau au chocolat. 我正在買一個巧克力蛋糕。

■ 範例 2：préférer（較喜歡）的現在式動詞變化

◆ 步驟 1：把原形動詞詞尾的「er」去掉，保留詞幹。

原形動詞		詞幹
préférer（較喜歡）	→ 去掉 er	préfér-

◆ 步驟 2：加上第一類「特定詞尾」規則動詞的現在式變化詞尾。

préférer（較喜歡）現在式動詞變化	
Je préfère	Nous préférons
Tu préfères	Vous préférez
Il / Elle préfère	Ils / Elles préfèrent

例句

- **A: Qu'est-ce que tu préfères comme sport?** 你（妳）較喜歡什麼運動？

  B: Je préfère le tennis. 我較喜歡網球。

◆ **相同形態的相關動詞：répéter（重複）、espérer（希望）……等等。**

例句

- **Il répète cette phrase mot à mot.** 他一字一字地把這句話重複一遍。
- **J'espère que tout va bien.** 希望一切順利。

Piste 21

七 第一類特定詞尾「-eler / -eter」規則動詞的現在式變化：-eler / -eter → ... ell ... / ... ett ...（Nous、Vous 不變）

■ 此類動詞的特殊變化：

若原形動詞詞尾為「-eler」或「-eter」時，現在式動詞變化會出現「兩個」「l」或「t」，但在 Nous（我們）、Vous（您 / 您們 / 你（妳）們）的變化中則不會出現。

■ 「-eler」規則動詞的現在式變化詞尾

「-eler」規則動詞的現在式變化詞尾			
我	Je ... elle	我們	Nous ... elons
你（妳）	Tu ... elles	您 / 您們 / 你（妳）們	Vous ... elez
他 / 她	Il / Elle ... elle	他們 / 她們	Ils / Elles ... ellent

■ 範例：appeler（打電話）的現在式動詞變化

◆ 步驟 1：把原形動詞詞尾的「er」去掉，保留詞幹。

原形動詞		詞幹
appeler（打電話）	→ 去掉 er	appel-

◆ 步驟 2：加上第一類「特定詞尾」規則動詞的現在式變化詞尾。

appeler（打電話）現在式動詞變化	
J'appelle	Nous appelons
Tu appelles	Vous appelez
Il / Elle appelle	Ils / Elles appellent

例句

- **J'appelle Marc.** 我打電話給馬克。
- **Est-ce que tu appelles Julia ce soir?** 你(妳)今晚打電話給茱莉亞嗎？

◆ 相同形態的相關動詞：**rappeler**（回電）、**épeler**（拼讀）……等等。

例句

- **Je rappelle Marc plus tard.** 我晚點回電給馬克。
- **J'épelle mon nom.** 我拼讀我的名字。

■ 「-eter」規則動詞的現在式變化詞尾

「-eter」規則動詞的現在式變化詞尾			
我	Je ... ette	我們	Nous ... etons
你（妳）	Tu ... ettes	您 / 您們 / 你（妳）們	Vous ... etez
他 / 她	Il / Elle ... ette	他們 / 她們	Ils / Elles ... ettent

■ 範例：jeter（扔掉）的現在式動詞變化

◆ **步驟 1：把原形動詞詞尾的「er」去掉，保留詞幹。**

原形動詞		詞幹
jeter（扔掉）	→ 去掉 er	jet-

◆ **步驟 2：加上第一類「特定詞尾」規則動詞的現在式變化詞尾。**

jeter（扔掉）現在式動詞變化	
Je jette	Nous jetons
Tu jettes	Vous jetez
Il / Elle jette	Ils / Elles jettent

例句

- **Je jette un verre cassé.** 我把一個打碎的玻璃杯丟掉。
- **Nous jetons un vieux sac.** 我們把一個舊的包包扔掉。

Piste 22

八 第一類特定詞尾「母音 + yer」（-ayer、-oyer、-uyer）規則動詞的現在式變化：

■ 此類動詞的特殊變化：

若原形動詞詞尾為「母音 + yer」時，現在式動詞變化詞尾中的「y」則會變成「i」，但在 Nous（我們）、Vous（您 / 您們 / 你（妳）們）的變化則不變。

■ 「母音 + yer」規則動詞的現在式變化詞尾

「母音 + yer」規則動詞的現在式變化詞尾			
我	Je ... ie	我們	Nous ... yons
你（妳）	Tu ... ies	您 / 您們 / 你（妳）們	Vous ... yez
他 / 她	Il / Elle ... ie	他們 / 她們	Ils / Elles ... ient

■ 範例：payer（付錢）的現在式動詞變化

◆ 步驟 1：把原形動詞詞尾的「er」去掉，保留詞幹。

原形動詞		詞幹
payer（付錢）	→ 去掉 er	pay-

- **步驟 2：加上第一類「特定詞尾」規則動詞的現在式變化詞尾。**

payer（付錢）現在式動詞變化	
Je paie	Nous payons
Tu paies	Vous payez
Il / Elle paie	Ils / Elles paient

例句

- **Je paie par carte.** 我用信用卡付款。
- **Vous payez le loyer?** 你（妳）們付房租了嗎？

- **相同形態的相關動詞：essayer（嘗試）、envoyer（寄出）、essuyer（擦拭）、employer（使用）、appuyer（按下）……等等。**

例句

- **J'essaie un nouveau manteau.** 我試穿一件新的大衣。
- **Tu envoies une lettre.** 你（妳）寄一封信。
- **Nous employons des mots difficiles.** 我們使用困難的字。
- **Vous lavez et vous essuyez les verres.**
  你（妳）們清洗玻璃杯，然後擦拭。

■ **打鐵趁熱**：請填入正確的現在式動詞變化。

1. Vous ________ (parler) chinois? 您說中文嗎？

2. Tu ________ (manger) beaucoup? 你（妳）吃很多嗎？

3. Vous ________ (payer) en liquide? 您付現嗎？

4. J'________ (aimer) écouter de la musique. 我喜歡聽音樂。

5. J'________ (acheter) un gâteau. 我買一個蛋糕。

解答 1. parlez 2. manges 3. payez 4. aime 5. achète

09 VERBES AU PRÉSENT DU 2e GROUPE

Piste 23

第二類「-ir 結尾」規則動詞的現在式變化

學完了第一類「-er 結尾」規則動詞的現在式變化後，接下來我們要探討的是第二類「-ir 結尾」規則動詞的現在式變化。這類的動詞大部分都是由「形容詞」轉變而來的，像是變高、變矮、變胖、變瘦……等等，雖然這類的動詞比較少用到，不過大家還是要學會喔！

一　第二類「-ir 結尾」規則動詞的現在式變化

■ 動詞變化步驟：

- **步驟 1：把原形動詞的詞尾「ir」去掉，保留詞幹。**
- **步驟 2：加上第二類「-ir 結尾」規則動詞的現在式變化詞尾。**

■ 第二類「-ir 結尾」規則動詞的現在式變化詞尾

第二類「-ir 結尾」規則動詞的現在式變化詞尾			
我	Je ... is	我們	Nous ... issons
你（妳）	Tu ... is	您 / 您們 / 你（妳）們	Vous ... issez
他 / 她	Il / Elle ... it	他們 / 她們	Ils / Elles ... issent

■ 範例：finir（完成）的現在式動詞變化

- **步驟 1：把原形動詞詞尾的「ir」去掉，保留詞幹。**

原形動詞		詞幹
finir（完成）	→ 去掉 ir	fin-

- **步驟 2：加上第二類「-ir 結尾」規則動詞的現在式變化詞尾。**

finir（完成）現在式動詞變化	
Je finis	Nous finissons
Tu finis	Vous finissez
Il / Elle finit	Ils / Elles finissent

- **finir（完成）常用句型：**

finir + 名詞 / de + 原形動詞 → 完成某事 / 完成做某事

例句

- **Les enfants finissent leurs devoirs souvent avec leurs parents.**
  孩子們常常和父母一起完成他們的作業。
- **Il finit de remplir ces papiers pour compléter ce dossier.**
  為了補全這份文件，他要填完這些表格。

- **「-ir 結尾」常用動詞：choisir（選擇）、obéir（服從）、réussir（成功）、réfléchir（反省、反射）……等等。**

例句

- **Ils choisissent leurs cadeaux.** 他們在選他們的禮物。
- **Les soldats obéissent à leur supérieur.** 士兵服從他們的上級長官。
- **Tout lui réussit.** 他樣樣都順利。
- **Les miroirs réfléchissent les rayons lumineux.** 鏡子能反射光線。

Piste 24

二 由「形容詞」轉變過來的第二類「-ir 結尾」的規則動詞

這類動詞常見的有：maigrir（變瘦）、mincir（變苗條）、grossir（變胖）、vieillir（變老）、jaunir（變黃）、blanchir（變白）、salir（變髒）……等等。

由「形容詞」轉變過來的第二類「-ir 結尾」的規則動詞一覽		
陽性單數形容詞	陰性單數形容詞	原形動詞
maigre（瘦的）	maigre	maigrir（變瘦）
mince（苗條的）	mince	mincir（變苗條）
gros（胖的）	grosse	grossir（變胖）
vieux（老的）	vieille	vieillir（變老）
jaune（黃的）	jaune	jaunir（變黃）
blanc（白的）	blanche	blanchir（變白）
sale（髒的）	sale	salir（變髒）

例句

- **Les feuilles jaunissent en automne.** 樹葉在秋天變黃了。
- **La neige blanchit les sommets.** 白雪讓山頂變白了。
- **Si le cœur vieillit, les rêves vieillissent aussi.**
  心一旦老去，夢也會隨之老去。

■ **打鐵趁熱：**請填入正確的現在式動詞變化。

1. Je ________ (finir) mon travail. 我完成我的工作。
2. Il ________ (mincir) plus vite que moi. 他比我更快瘦下來。
3. Tu ________ (grandir) trop vite. 你（妳）長高很多。
4. Le papier ________ (jaunir) en vieillissant. 紙張隨時間而泛黃。
5. Ses cheveux ________ (blanchir). 他的頭髮變白了。

解答 1. finis 2. mincit 3. grandis 4. jaunit 5. blanchissent

Que peu de temps suffit pour changer toutes choses! —— Victor Hugo
改變一切不需要太多的時間！——維多雨果

10 VERBES AU PRÉSENT DU 3e GROUPE

Piste 25

第三類不規則動詞的現在式變化

Je vais en vacances en France, et toi?
我要去法國度假，那妳呢？

Moi, je vais au Japon pour voir mes amis.
我啊，我要去日本拜訪我的朋友。

這一章要探討的是現在式動詞變化中最後一類動詞的變化，也就是「第三類不規則動詞」。這一類動詞的現在式變化是不規則的，這類動詞數量不多，但有不少是常用的動詞，所以務必記在腦海中。接下來，我們就舉幾個比較常用到的動詞來觀察看看吧！

一 （半）助動詞

■ être（是）動詞：

（1）être（是）的現在式動詞變化：

être（是）現在式動詞變化	
Je suis	Nous sommes
Tu es	Vous êtes
Il / Elle est	Ils / Elles sont

（2）être（是）動詞的用法：

◆ **être + 形容詞：**

例句

- **Il est beau.** 他很帥。
- **Elle est belle.** 她很美。
- **Ils sont beaux.** 他們很帥。
- **Elles sont belles.** 她們很美。

◆ **être + 職業名詞：**

例句

- **Il est étudiant.** 他是學生。
- **Elle est étudiante.** 她是學生。
- **Ils sont étudiants.** 他們是學生。
- **Elles sont étudiantes.** 她們是學生。

注意：加職業時，後面不加任何冠詞，但職業名詞須與主詞做性（詞性）數（單複數）配合。

◆ **être + 國籍形容詞：**

例句

- **Je suis français.** 我是（男性）法國人。
- **Tu es japonaise.** 妳是（女性）日本人。
- **Il est américain.** 他是美國人。
- **Elle est taïwanaise.** 她是台灣人。

◆ **être + 其他詞類或介詞片語：**

例句

- **Est-ce qu'elle est là?** 她是否在那？
- **Nous sommes dans la salle de classe.** 我們在教室裡。
- **Il est en classe.** 他在上課。
- **Je suis encore au café.** 我還在咖啡館待著。

■ avoir（有）動詞：

（1）avoir（有）的現在式動詞變化：

avoir（有）現在式動詞變化	
J'ai	Nous avons
Tu as	Vous avez
Il / Elle a	Ils / Elles ont

（2）avoir（有）動詞的用法：

◆ **表達「具有什麼東西」或「有什麼家人、朋友」：**

例句

- J'ai un frère et une sœur. 我有一個兄弟和一個姐妹。
- J'ai une voiture. 我有一輛車。

◆ 表達「年紀」：

例句

- Tu as quel âge? 你（妳）幾歲？
- J'ai dix-huit ans. 我十八歲。

■ aller（去）動詞：

（1）aller（去）的現在式動詞變化：

aller（去）現在式動詞變化	
Je vais	Nous allons
Tu vas	Vous allez
Il / Elle va	Ils / Elles vont

（2）aller（去）動詞的用法：（考試必考重點！）

◆ aller à + 定冠詞（le、la、les）+ 名詞 → 表達「去或在某個地方」

注意：「介系詞 + 定冠詞 → 合併成另一個字」

à + le → au

à + les → aux

但是：à + la → à la

例句

le cinéma（陽性單數名詞）電影院

- **Je vais ~~à le~~ cinéma. → Je vais au cinéma.** 我去電影院。

la poste（陰性單數名詞）郵局

- **Je vais à la poste.** 我去郵局。

l'hôtel 旅館 → 以母音 a、e、i、o、u 或啞音 h 開頭的字，需要寫成「à l'」。

- **Je vais à l'hôtel.** 我去旅館。

les toilettes（複數名詞）廁所

- **Je vais ~~à les~~ toilettes. → Je vais aux toilettes.** 我去廁所。
  - **例外：aller chez quelqu'un　去某人家**
  - **Je vais chez Marc.** 我去馬克家。
  - **Je vais chez lui.** 我要去他家。

◆ **表達「去哪個國家」：**

en + 陰性國家 → **Je vais en France.** 我去法國。

au + 陽性國家 → **Je vais au Japon.** 我去日本。

aux + 複數國家 → **Je vais aux États-Unis.** 我去美國。

◆ **à + 島嶼或城市：**

- **Je vais à Pékin.** 我去北京。
- **Je vais à Taïwan en avion.** 我搭飛機去台灣。

■ venir（回來）動詞：

（1）venir（回來）的現在式動詞變化：

venir（回來）現在式動詞變化	
Je viens	Nous venons
Tu viens	Vous venez
Il / Elle vient	Ils / Elles viennent

（2）venir（回來）動詞的用法：（考試必考重點！）

- **venir de + 定冠詞（le、la、les）+ 名詞 → 表達「從某個地方來」**

注意：「介系詞 ＋ 定冠詞 → 合併成另一個字」

de + le → du

de + les → des

但是：de + la → de la

例句

le cinéma（陽性單數名詞）電影院

- **Je viens ~~de le~~ cinéma. → Je viens du cinéma.** 我從電影院回來。

la poste（陰性單數名詞）郵局

- **Je viens de la poste.** 我從郵局回來。

l'hôtel 旅館 → 以母音 a、e、i、o、u 或啞音 h 開頭的字，必須寫成「de l'」。

- **Je viens de l'hôtel.** 我從旅館回來。

les toilettes（複數名詞）廁所

- **Je viens ~~de les~~ toilettes. → Je viens des toilettes.**
  我從廁所回來。
  - **例外：venir de chez quelqu'un　從某人家回來**
  - **Je viens de chez Marc.** 我從馬克家回來。
  - **Je viens de chez lui.** 我從他家回來。

◆ **表達「從哪個國家來」：**

de + 陰性國家 → **Je viens de France.** 我從法國回來。

du + 陽性國家 → **Je viens du Japon.** 我從日本回來。

des + 複數國家 → **Je viens des États-Unis.** 我從美國回來。

◆ **de + 島嶼或城市：**

- **Je viens de Pékin.** 我從北京來。
- **Je viens de Taïwan en avion.**　我從台灣搭飛機來。

■ 補充：如何分辨國家陰、陽性？（只有適用在國家專有名詞）

一般而言，90% 國家專有名詞結尾為「e」 → 陰性國家，但 le Mexique（墨西哥）幾個國家除外。

國家	中文	國籍	中文
L'Allemagne	德國	allemand(e)	德國人
L'Angleterre	英國	anglais(e)	英國人
La France	法國	français(e)	法國人
L'Italie	義大利	italien(ne)	義大利人
La Finlande	芬蘭	finlandais(e)	芬蘭人
L'Égypte	埃及	égyptien(ne)	埃及人
La Russie	俄羅斯	russe	俄羅斯人
L'Australie	澳洲	australien(ne)	澳洲人
La Lituanie	立陶宛	lituanien(ne)	立陶宛人
La Grèce	希臘	grec(que)	希臘人
La Belgique	比利時	belge	比利時人
La Suisse	瑞士	suisse	瑞士人
La Chine	中國	chinois(e)	中國人
La Corée	韓國	coréen(ne)	韓國人
La Malaisie	馬來西亞	malaisien(ne)	馬來西亞人
Le Portugal	葡萄牙	portugais(e)	葡萄牙人
Le Maroc	摩洛哥	marocain(e)	摩洛哥人
Le Brésil	巴西	brésilien(ne)	巴西人
Le Japon	日本	japonais(e)	日本人

國家	中文	國籍	中文
Le Vietnam	越南	vietnamien(ne)	越南人
Les États-Unis	美國	américain(e)	美國人
Les Pays-Bas / la Hollande	荷蘭	hollandais(e)	荷蘭人
Les Philippines	菲律賓	philippin(e)	菲律賓人
Le Mexique	墨西哥	mexicain(e)	墨西哥人
注意：台灣是個島嶼，因此國家專有名詞為 Taïwan，不需加定冠詞，而台灣人的法語則是 taïwanais(e)。			

剛剛說明了最常用的第三類不規則動詞的現在式變化及用法，接下來提供一些小祕訣，說明如何記憶第三類不規則動詞的現在式變化。

Piste 26

二 第三類特定詞尾「-re」不規則動詞的現在式變化

■ 動詞變化步驟：

- **步驟 1：把原形動詞詞尾「re」去掉，保留詞幹。**
- **步驟 2：加上第三類「-re 結尾」不規則動詞的現在式變化詞尾。**

■ 第三類「-re 結尾」不規則動詞的現在式變化詞尾

第三類「-re 結尾」不規則動詞的現在式變化詞尾			
我	Je ... s	我們	Nous ... ons
你（妳）	Tu ... s	您 / 您們 / 你（妳）們	Vous ... ez
他 / 她	Il / Elle ... t	他們 / 她們	Ils / Elles ... ent

註：並不是第三類「-re 結尾」不規則動詞的現在式變化都是同樣模式的變法，還是有例外！

■ 範例：lire（閱讀）的現在式動詞變化

◆ 步驟 1：把原形動詞詞尾「re」去掉，保留詞幹。

原形動詞		詞幹
lire（閱讀）	→ 去掉 re	li-

◆ 步驟 2：加上第三類「-re 結尾」不規則動詞的現在式變化詞尾。

lire（閱讀）現在式動詞變化	
Je lis	Nous lisons
Tu lis	Vous lisez
Il / Elle lit	Ils / Elles lisent

◆ 相同形態的相關動詞：traduire（翻譯）、écrire（寫）、conduire（開車）、décrire（描述）、vivre（生活）、rire（大笑）、sourire（微笑）……等等。

例句

- **Je lis un journal.** 我閱讀一份報紙。
- **Je traduis ce roman français en chinois.** 我把這本法語小說翻成中文。

■ 其他常見第三類不規則動詞的現在式變化：

其他常見第三類不規則動詞的現在式變化			
	Je / J'	Tu	
partir（離開）	pars	pars	
sortir（出門）	sors	sors	
prendre（搭、拿、買）	prends	prends	
comprendre（了解）	comprends	comprends	
entendre（聽到）	entends	entends	
descendre（下車）	descends	descends	
écrire（寫）	écris	écris	
lire（閱讀）	lis	lis	
vivre（生活）	vis	vis	
boire（喝）	bois	bois	
croire（相信）	crois	crois	
rire（大笑）	ris	ris	
suivre（跟隨）	suis	suis	
conduire（開車）	conduis	conduis	
dire（說）	dis	dis	
faire（做）	fais	fais	
connaître（認識）	connais	connais	
répondre（回答）	réponds	réponds	
peindre（畫圖）	peins	peins	
craindre（害怕）	crains	crains	

Il / Elle / On	Nous	Vous	Ils / Elles
part	partons	partez	partent
sort	sortons	sortez	sortent
prend	prenons	prenez	prennent
comprend	comprenons	comprenez	comprennent
entend	entendons	entendez	entendent
descend	descendons	descendez	descendent
écrit	écrivons	écrivez	écrivent
lit	lisons	lisez	lisent
vit	vivons	vivez	vivent
boit	buvons	buvez	boivent
croit	croyons	croyez	croient
rit	rions	riez	rient
suit	suivons	suivez	suivent
conduit	conduisons	conduisez	conduisent
dit	disons	dites	disent
fait	faisons	faites	font
connaît	connaissons	connaissez	connaissent
répond	répondons	répondez	répondent
peint	peignons	peignez	peignent
craint	craignons	craignez	craignent

其他常見第三類不規則動詞的現在式變化			
	Je / J'	Tu	
mettre（放置）	mets	mets	
permettre（允許）	permets	permets	
devoir（應該）	dois	dois	
vouloir（想要）	veux	veux	
pouvoir（能夠）	peux	peux	
savoir（知道）	sais	sais	
tenir（拿著）	tiens	tiens	
ouvrir（打開）	ouvre	ouvres	
s'asseoir（坐）*	m'assois	t'assois	
recevoir（收到）	reçois	reçois	
voir（看見）	vois	vois	
servir（為……服務）	sers	sers	

* 註：s'asseoir（坐）還有另一種動詞變化！

	Je / J'	Tu	
s'asseoir（坐）	m'assieds	t'assieds	

Il / Elle / On	Nous	Vous	Ils / Elles
met	mettons	mettez	mettent
permet	permettons	permettez	permettent
doit	devons	devez	doivent
veut	voulons	voulez	veulent
peut	pouvons	pouvez	peuvent
sait	savons	savez	savent
tient	tenons	tenez	tiennent
ouvre	ouvrons	ouvrez	ouvrent
s'assoit	nous assoyons	vous assoyez	s'assoient
reçoit	recevons	recevez	reçoivent
voit	voyons	voyez	voient
sert	servons	servez	servent

Il / Elle / On	Nous	Vous	Ils / Elles
s'assied	nous asseyons	vous asseyez	s'asseyent

■ **打鐵趁熱：**請將下列中文翻譯成法文。

1. 我要去電影院。

____

2. 你（妳）在台北生活嗎？

____

3. 我是台灣人，那您呢？

____

4. 您從法國來嗎？

____

5. 我去法國。

____

解答

1. Je vais au cinéma.
2. Tu vis à Taipei.
3. Je suis taïwanais(e), et vous?
4. Vous venez de France?
5. Je vais en France.

Petit à petit, l'oiseau fait son nid.
積少成多。

11 VERBES PRONOMINAUX AU PRÉSENT

Piste 27

反身動詞的現在式變化

Normalement, tu te couches à quelle heure?
正常來講，妳都幾點睡覺？
Je me couche vers 23 heures.
我都大概晚上十一點睡覺。

在初學法語時，其中一句最常說的話就是 Je m'appelle ...（我的名字叫……），直譯成中文是「我叫我自己什麼名字」，其中的這個 m'（我自己），就是「反身代名詞」，而 m'appelle（叫我自己什麼名字）則是反身動詞 s'appeler 主詞為「我」（Je）時的現在式變化。而這一章我們要探討的，就是反身動詞的形式與用法！

一 反身動詞的概念

首先我們要來釐清什麼是「反身動詞」。簡而言之，「反身動詞」就是伴隨著反身代名詞而成的動詞。那什麼又是「反身代名詞」呢？以英語句子來舉例，反身代名詞就是英語 She killed herself.（她自殺了。）中的 herself（她自己）。

二 反身動詞的用法

反身動詞可分為「自反」、「互反」、「被動」、「固定以反身動詞形式來使用的動詞」這四種用法。

■ 自反用法：用來表達「使自己做某事」或「對自己做某事」

（1）若動詞的「直接受詞」和「主詞」是「同一個人」時，就要用「反身動詞」的形式，而反身代名詞須置於動詞前面。

例句

- **Je me lave.** 我洗澡。

→ me = moi-même（我自己）為 lave（洗澡）的「直接受詞」，「直接受詞」（me）和「主詞」（Je）為同一人，故 lave（洗澡）與「反身代名詞」me（我自己）搭配成為「反身動詞」me lave（中文直譯：洗自己）。

注意：**Je lave mon chien.** 我給我的狗洗澡。

→ mon chien（我的狗）為 lave（洗澡）的「直接受詞」，「直接受詞」（mon chien）和「主詞」（Je）不同。故此句裡的 lave 非「反身動詞」。

（2）若動詞的「間接受詞」和「主詞」也是「同一個人」時，也要用「反身動詞」的形式。

例句

- **Je me demande pourquoi ça ne marche pas bien.**
  我自問為什麼這行不通。

→ me（我自己）為 demande（詢問）的「間接受詞」，間接受詞（me）和主詞（Je）為同一個人。故此句的 Je me demande. 中文為「我自己問我自己」，自反的用法。

■ 互反用法：用來表達「相互做某事」→ 主詞永遠是複數

表示「相互做某事」或「彼此做某事」的反身動詞，因為是「相互」，所以主詞一定會是兩個人的「複數形態」。

例句

- **Ils se regardent.** 他們相互凝視。

→ 若要表達兩個人互相做某事時，就必須用反身動詞來表達。Ils（他們）和 se（他們自己）為複數形態，表達他們相互要做某事。故此句 Ils se regardent. 中文為「他們相互凝視對方」。

■ 被動用法：主詞永遠是「事物」

這個用法在意義上跟英語的被動式是沒有差別的，也就是「被……」的意思（法語也有被動語態，請參閱第三十二章）。但在法語的文法上，反身動詞的被動用法，只能夠使用在當「主詞」是「事物」的情況下。

例句

- **Le français se parle au Burkina Faso.** 在布吉納法索是說法語的。

→ 若主詞為「事物」要表達「被怎樣」時，可以以反身動詞的形式來呈現。故此句的 se parle 中文為「被說」。

■ 固定以反身動詞形式來使用的動詞：

這類動詞常見的有：se souvenir de（記得）、s'en aller（離開）、s'enfuir（逃走）、se moquer de（嘲笑）、s'intéresser à（對什麼有興趣）……等等。

例句

- **Tu te souviens de ton enfance?** 你（妳）記得小時候的事情嗎？

→ 有些常用的動詞是固定以反身動詞的形式來使用。此句的 te souviens（記得你自己）為 se souvenir de（自己記得什麼事）的現在式動詞變化。

Piste 28

三 反身動詞的肯定形式

「反身代名詞」搭配「動詞」的形式							
主詞		反身代名詞	動詞	主詞		反身代名詞	動詞
我	Je	me (m')		我們	Nous	nous	
你（妳）	Tu	te (t')		您／您們／你（妳）們	Vous	vous	
他／她	Il / Elle	se (s')		他們／她們	Ils / Elles	se (s')	

■ 範例：

（1）s'appeler（叫什麼名字）現在式反身動詞變化：

s'appeler（叫什麼名字）現在式反身動詞變化	
Je m'appelle	Nous nous appelons
Tu t'appelles	Vous vous appelez
Il / Elle s'appelle	Ils / Elles s'appellent

例句

- **Tu t'appelles comment?** 你（妳）叫什麼名字？
- **A: Je m'appelle Louise. Et vous?** 我的名字叫露易絲。那您呢？

  B: Moi, je m'appelle Yukiko. 我啊，我的名字叫由希子。

注意：me、te、se後面接上以母音a、e、i、o、u或啞音h開頭的字，就要改成「m'」、「t'」、「s'」。

（2）**se raser（刮鬍子）現在式反身動詞變化：**

se raser（刮鬍子）現在式反身動詞變化	
Je me rase	Nous nous rasons
Tu te rases	Vous vous rasez
Il / Elle se rase	Ils / Elles se rasent

例句

- **Je me rase tous les jours.** 我每天都會刮鬍子。

（3）**常用反身動詞有：se lever（起床）、se coucher（睡覺）、s'habiller（穿衣服）、se maquiller（化妝）、se reposer（休息）、se déshabiller（脱衣服）、se doucher（淋浴）、se présenter（自我介紹）……等等。**

例句

- **Tu te lèves à quelle heure le matin?** 你（妳）早上幾點起床？
- **Je me couche vers onze heures du soir tous les jours.**
  我每天大約晚上十一點睡覺。
- **Elle se maquille tous les matins.** 她每天早上都會化妝。
- **L'été, tu t'habilles plus légèrement.** 夏天時，你（妳）穿得比較少。

Piste 29

四 反身動詞的否定形式

■ ne + 反身代名詞 + 動詞 + pas

例句

- **Je ne me douche pas le matin en général.** 我早上通常不洗澡。
- **Tu ne te rases pas?** 你沒刮鬍子？
- **Il ne se couche pas très tôt.** 他沒有很早睡。

學完了這一章，相信大家對現在式反身動詞一定有更進一步的了解，希望大家利用此文法，可以交到更多法國朋友！

■ **打鐵趁熱**：請填入正確的反身動詞的現在式動詞變化。

1. Mélodie ________ (se lever) très tôt. 美樂蒂很早起床。

2. Tu ________ (se réveiller) à quelle heure? 你（妳）幾點醒來？

3. Il ________ (se laver) rapidement. 他洗澡洗得很快。

4. Je ________ (se raser) en une minute. 我用一分鐘的時間刮鬍子。

5. Tu ________ (se reposer). 你（妳）在休息。

解答 1. se lève 2. te réveilles 3. se lave 4. me rase 5. te reposes

12 ADJECTIF
形容詞

Piste 30

Cette robe est très belle mais un peu chère, non?
這件洋裝很漂亮但有點貴，不是嗎？
Je ne pense pas du tout!
我並不認為！
299.-
TAKA
SHMA

這一章要探討形容詞。法語的「形容詞」有什麼功用呢？簡單來說，就是用來修飾「名詞」或「代名詞」。讓我們來看看以下的範例：

名詞	形容詞	法語	中文
une robe （一件洋裝）	noire （黑色的）	une robe noire	一件黑色洋裝

主詞	動詞	形容詞	法語	中文
Il （他）	est （是）	mignon. （可愛的）	Il est mignon.	他很可愛。

從上面的範例可以得知，中文說的「他很可愛」，用法語會說「他是可愛的。」（Il est mignon.），要使用 être（是）動詞。也就是說，不管是法語、英語或是中文，形容詞的功用都一樣，但實際的用法卻大不相同。讓我們一起仔細地看下去！

一 形容詞要跟所修飾的名詞或代名詞做「性數配合」

在法語文法中，形容詞要跟所修飾的名詞或代名詞做「性數配合」。什麼是「性數配合」呢？「性」指的是名詞或代名詞本身的「陰性」、「陽性」，「數」就是名詞或代名詞本身的「單數」或「複數」。簡單來說，如果形容詞所修飾的名詞是「陽性單數」，那麼形容詞就要用「陽性單數」的形容詞，以此類推。我們看下面幾個範例，就能更清楚明白。

■ **範例：**

陽性單數名詞	陽性單數形容詞	法語	中文
un pantalon （一件褲子）	noir （黑色的）	un pantalon noir	一件黑色褲子

陰性單數名詞	陰性單數形容詞	法語	中文
une robe （一件洋裝）	noire （黑色的）	une robe noire	一件黑色洋裝

陽性複數名詞	陽性複數形容詞	法語	中文
des gants （一雙手套）	noirs （黑色的）	des gants noirs	一雙黑色手套

陰性複數名詞	陰性複數形容詞	法語	中文
des bottes（一雙靴子）	noires（黑色的）	des bottes noires	一雙黑色靴子

看完這四個範例後，大家應該有發現到，法語的形容詞通常都置於名詞之後。不過還是有置於名詞之前的例外，之後會跟大家討論。首先我們要來說明「陽性單數的形容詞 → 陰性單數的形容詞」和「單數的形容詞 → 複數的形容詞」這兩大主題，最後再來看「形容詞擺放的位置」。

Piste 31

二 陽性單數形容詞 → 陰性單數形容詞

一般來說，「陽性單數形容詞」要變「陰性單數形容詞」是十分簡單的：只要在陽性單數形容詞的詞尾多加上「e」，就是陰性單數形容詞。不過還是有一些特定詞尾的形容詞，有其固定的變法以及特例。

■ 一般形容詞：

「一般形容詞」陽性單數形容詞 → 陰性單數形容詞
變化方式：詞尾直接 + e
grand → grande（高的） poli → polie（有禮貌的）

例句

- **Il est grand.** 他很高。
- **Elle est grande.** 她很高。
- **Il est poli.** 他很有禮貌。
- **Elle est polie.** 她很有禮貌。

■ 特定詞尾形容詞：

「特定詞尾形容詞」陽性單數形容詞 → 陰性單數形容詞	
變化方式：詞尾改變或不變	
特定詞尾	範例
-e → -e	rouge → rouge（紅色的） jeune → jeune（年輕的）
-(i)er → -(i)ère	cher → chère（貴的） premier → première（第一的）
-x → -se 或 -ce	jaloux → jalouse（嫉妒的） doux → douce（柔軟的）
-f → -ve	actif → active（精力充沛的） positif → positive（正面的）
-el → -elle	culturel → culturelle（文化的） naturel → naturelle（自然的）
-g → -gue	long → longue（長的）
-(i)en → -(i)enne	italien → italienne（義大利的） ancien → ancienne（舊的；老的）
-et → -ète	complet → complète（完整的） inquiet → inquiète（擔憂的）
-eux → -euse	sérieux → sérieuse（嚴肅的） nerveux → nerveuse（緊張的）
-on → -onne	bon → bonne（好的） mignon → mignonne（可愛的）
-c → -che	franc → franche（坦率的） blanc → blanche（白色的）
-teur → -trice	observateur → observatrice（善於觀察的） interrogateur → interrogatrice（疑問的）
-ou → -olle	fou → folle（瘋狂的） mou → molle（軟的）

例句

- **Cette robe (f.s) est chère mais ce pantalon (m.s) n'est pas cher.**
  這件洋裝很貴，但這件褲子不貴。
- **Elle (f.s) est jalouse.** 她很嫉妒。
- **C'est un garçon (m.s) très actif.** 這是一位非常活躍的男孩。
- **C'est complet, il n'y a plus de billets en vente.**
  訂滿了，已經沒有在售票了。
- **Mon professeur (m.s) de français est sérieux.**
  我的法語老師很嚴格。
- **Le sport, c'est bon pour la santé.** 運動是有益健康的。

註：f.s 代表「陰性單數名詞」、m.s 代表「陽性單數名詞」、f.p 代表「陰性複數名詞」、m.p 代表「陽性複數名詞」。

注意：c'est（這是）後面要接上形容詞的話，必須接上「陽性單數」的形容詞。

■ 特例變化：必須死記

grec → grecque（希臘的）
turc → turque（土耳其的）
public → publique（公眾的）

例句

- **Elle est grecque.** 她是希臘人（女性）。
- **Julia est turque.** 茱莉亞是土耳其人（女性）。
- **C'est une école publique.** 這是一間公立學校。

■ 不規則變化形容詞：

「不規則變化形容詞」陽性單數形容詞 → 陰性單數形容詞		
變化方式：這部分是需要死記的。		
陽性形容詞	陰性形容詞	後面接上母音 a、e、i、o、u 或啞音 h 開頭的陽性單數名詞
beau（美的）	belle	bel
nouveau（新的）	nouvelle	nouvel
vieux（老的）	vieille	vieil

例句

- **Il est beau. Elle est belle.** 他很帥。她很美。
- **C'est un bel homme.** 這是一位帥公子。
- **Cet appartement est nouveau.** 這間公寓是新的。
- **C'est une nouvelle chambre.** 這是新的房間。
- **C'est un nouvel appartement.** 這是新的公寓。
- **C'est un vieux monsieur**. 這是一位老先生。
- **C'est une vieille dame**. 這是一位老太太。
- **J'ai rencontré un vieil ami de mon père.**

  我認識了一位我爸爸的老朋友。

  （此句為複合過去式，其用法請參閱第二十七章）

Piste 32

三 單數形容詞 → 複數形容詞

形容詞單數變成複數的方法就簡單多了。一般而言，在「單數形容詞」的「詞尾」加上「s」，就會變成「複數形容詞」。但我們也知道法語文法有很多不規則的用法，某些特定詞尾，會有特殊的變化。

■ 一般形容詞：

「一般形容詞」單數形容詞 → 複數形容詞
變化方式：詞尾直接 + s
bleu → bleus（藍色的） belle → belles（漂亮的）

■ 特定詞尾形容詞：

「特定詞尾形容詞」單數形容詞 → 複數形容詞	
變化方式：詞尾改變或不變	
特定詞尾	範例
-eau → -eaux	nouveau → nouveaux（新的）
-al → -aux	national → nationaux（國家的）
-s → -s	bas → bas（低的）
-x → -x	doux → doux（溫柔的）

■ 特例變化：必須死記

banal → banals（平凡的）
final → finals（最後的）
naval → navals（海軍的）
fatal → fatals（致命的）

■ 範例：

（1）**Je commande un Tee-shirt (m.s) blanc et des shorts (m.p) blancs en ligne.**

我正在網路上訂一件白色 T 恤和一件白色的運動短褲。

→「blanc」（白色的）為陽性單數形容詞，陽性複數就變成了「blancs」。

（2）**Elle a une robe (f.s) noire et des écharpes (f.p) noires.**

她有一件黑色洋裝和一些黑色圍巾。

→「noire」（黑色的）為陰性單數形容詞，陰性複數就變成了「noires」。

（3）**J'adore son manteau (m.s), il est original. Il a toujours des vêtements (m.p) originaux.**

我熱愛他的外套，它很特別。他總是穿著一些特別的衣服。

→「original」（特別的）為陽性單數形容詞，陽性複數就變成了「originaux」。

（4）Tu as le nouveau numéro de portable (m.s) des nouveaux voisins (m.p)?

你（妳）有你（妳）新鄰居們的手機號碼嗎？

→「nouveau」（新的）為陽性單數形容詞，陽性複數就變成了「nouveaux」。

（5）Il (m.s) est beau, elle (f.s) est belle et nous (m.p) sommes tous beaux.

他很帥，她很美，而我們都很好看。

→「beau」（帥的）為陽性單數形容詞，陽性複數就變成了「beaux」，「belle」（美的）為陰性單數形容詞。

註：f.s 代表「陰性單數名詞」、m.s 代表「陽性單數名詞」、f.p 代表「陰性複數名詞」、m.p 代表「陽性複數名詞」。

Piste 33

四 形容詞擺放的位置

法語的形容詞，該擺放在哪裡呢？一般有以下幾種情況：

■ 一般而言，形容詞置於所修飾的名詞後面。

例如 une voiture confortable（一輛舒適的車）、

un film extraordinaire（一部出色的影片）……等等。

■「國籍」和「顏色」相關形容詞，要置於所修飾的名詞後面。

例如 un acteur allemand（一位德國男演員）、

un stylo noir（一隻黑色原子筆）……等等。

■ 有些特定的形容詞，要置於所修飾的名詞前面。

範例：

置於所修飾名詞前的常見形容詞			
陽性 單數形容詞	陰性 單數形容詞	中文	範例
bon	bonne	好的	un bon cadeau（一個好的禮物） une bonne idée（一個好點子）
petit	petite	小的	un petit village（一個小村落） une petite maison（一棟小房子）
grand	grande	大的	un grand château（一座大城堡） une grande table（一張大桌子）
beau	belle	帥的 / 美的	un beau garçon（一位帥氣的男孩） une belle fille（一位漂亮的女孩）
nouveau	nouvelle	新的	un nouveau studio（一間新的套房） une nouvelle voiture（一輛新車）
jeune	jeune	年輕的	un jeune homme（一位年輕的男孩） une jeune fille（一位年輕的女孩）
vieux	vieille	老的	un vieux monsieur（一位老先生） une vieille dame（一位老太太）

看到這裡，有沒有覺得法語的形容詞用法沒有想像中困難了？學會形容詞就可以讓自己法語表達的句子更多采多姿了。

■ **打鐵趁熱**：請將下列中文翻譯成法語。

1. 這是一位年輕的老師。（男性）

____

2. 他有一輛舒適的車子。

____

3. 這是一個好點子！

____

4. 這太貴了！

____

5. 你（妳）認識你（妳）新的那位男鄰居嗎？

____

解答
1. C'est un jeune professeur.
2. Il a une voiture confortable.
3. C'est une bonne idée!
4. C'est trop cher!
5. Tu connais ton nouveau voisin?

13 ADJECTIFS POSSESSIFS 所有格形容詞

Piste 34

這一章要探討「所有格形容詞」。「所有格形容詞」其實等同英語的My、Your、His、Her……，以中文來解釋的話，就是「我的」、「你的」、「他的」、「她的」……。聽完解釋，有沒有頓時覺得容易許多？那我們就進入主題！首先我們來觀察下面的表格。

一 所有格形容詞一覽

所有格形容詞				
所有格形容詞中文	搭配主詞	置於「陽性單數名詞」和「**母音 a、e、i、o、u 或啞音 h 開頭的陰性單數名詞**」之前	置於「陰性單數名詞」（子音開頭）之前	置於「（陽性、陰性）複數名詞」之前
我的	Je	mon	ma	mes
你（妳）的	Tu	ton	ta	tes
他的 / 她的	Il / Elle	son	sa	ses
我們的	Nous	notre		nos
您的 / 您們的 / 你（妳）們的	Vous	votre		vos
他們的 / 她們的	Ils / Elles	leur		leurs

Piste 35

二 所有格形容詞用法

■ 所有格形容詞須置於所修飾的名詞前面。

範例：

所有格形容詞	所修飾的名詞	法語	中文
mon（我的）	père（父親）	mon père	我的父親
ma（我的）	mère（母親）	ma mère	我的母親
mes（我的）	parents（父母）	mes parents	我的父母

■ 所有格形容詞的陰陽性，會隨後面名詞的陰陽性改變。

「所有格形容詞」的用法，跟我們之前所學的形容詞用法大同小異，看看以下幾個範例就能更明白。

範例 1：

所有格形容詞	名詞	法語	中文
mon（我的）	père（父親）	mon père	我的父親

→ père（父親）在法語中是「陽性單數」名詞（un père）。

→ 表達「我的父親」的「我的」要用「陽性單數」的所有格形容詞。

→ 對照所有格形容詞表格可以得知要用「mon」。

→ 法語的「我的父親」為「mon père」。

範例 2：

所有格形容詞	名詞	法語	中文
ma（我的）	mère（母親）	ma mère	我的母親

→ mère（母親）在法語中是「陰性單數」名詞（une mère）。

→ 表達「我的母親」的「我的」要用「陰性單數」的所有格形容詞。

→ 對照所有格形容詞表格可以得知要用「ma」。

→ 法語的「我的母親」為「ma mère」。

範例 3：

所有格形容詞	名詞	法語	中文
mes（我的）	parents（父母）	mes parents	我的父母

→ parents（父母）在法語中是「陽性複數」名詞（des parents）。

→ 表達「我的父母」的「我的」要用「陽性複數」的所有格形容詞。

→ 對照所有格形容詞表格可以得知要用「mes」。

→ 法語的「我的父母」為「mes parents」。

例句

- **C'est mon professeur d'histoire.** 這是我的歷史老師。
- **Ce sont nos amis.** 這些是我們的朋友們。
- **C'est notre ami.** 這是我們的朋友。
- **Ses amis sont très gentils.** 他（她）的朋友們非常友善。
- **Son idée est bonne.** 他（她）的點子很好。

■ 當 on 替代了 nous（我們）這個主詞時，所有格形容詞要用「notre」或「nos」。

例句

- **On prend nos sacs et nos affaires. (on = nous)**

  我們拿了我們的包包和我們的東西。

注意：on 有兩種意思：（1）有人（2）我們。怎麼去分辨是「我們」還是「有人」呢？這就需要看上下文去猜測。我們來看看幾個例句吧！

例句

- **On est amis.** 我們是朋友。（on = nous）
- **On frappe à la porte.** 「有人敲門。」或「我們敲門。」兩者皆有可能。

Piste 36

三 「陽性、陰性母音開頭」單數名詞搭配所有格形容詞

■ 觀察看看有什麼規則？

un étudiant （一位男學生）	陽性母音開頭單數名詞	→ mon étudiant（我的男學生）	
une étudiante （一位女學生）	陰性母音開頭單數名詞	→ ~~ma étudiante~~	→ mon étudiante （我的女學生）
des étudiants （一些學生）	陽性母音開頭複數名詞	→ mes étudiants（我的男學生們）	
des parents （父母）	陽性複數名詞	→ mes parents（我的父母）	

■ 為避免兩個母音對頭不好發音，「陰性母音開頭單數名詞」要搭配「mon」（我的）、「ton」（你的 / 妳的）、「son」（他的 / 她的）。

例如

- **une amie** 一位朋友（女性）→ ~~**ma amie**~~ → **mon amie** 我的朋友（女性）
- **une école** 一間學校 → ~~**ma école**~~ → **mon école** 我的學校
- **une idée** 一個點子 → ~~**ma idée**~~ → **mon idée** 我的點子

例句

- **C'est mon amie française.** 這是我的法國朋友（女性）。
- **Mon école est très connue.** 我的學校很有名。
- **Son idée est parfaite.** 他（她）的點子很完美。

所有格形容詞我們就在這告一段落了。請翻到下一章繼續學習吧！

■ **打鐵趁熱**：請圈選正確的答案。

1. Ce sont ma / mon veste (f.s) noire et ma / mon écharpe (f.s) en laine.
   這些是我的黑色外套和羊毛製的圍巾。
2. Je voudrais connaître ton / ta impression (f.s) et ta / ton opinion (f.s) sur ce film.
   我想要知道你（妳）對於這部影片的感想和意見。
3. Je vous présente ma / mon sœur (f.s), Annie et ma / mon amie (f.s), Lucie.
   我跟您介紹我的姐妹安妮和我的朋友露西。
4. Ton / Ta assiette (f.s) est vide. 你（妳）的盤子是空的。
5. J'ai besoin de ta / ton aide (f.s) pour la fête de mon / ma école (f.s).
   在學校日的時候，我需要你（妳）的幫助。

解答
1. ma / mon；ma / mon
2. ton / ta；ta / ton
3. ma / mon；ma / mon
4. Ton / Ta
5. ta / ton；mon / ma

14 ADJECTIFS DÉMONSTRATIFS
指示形容詞

Piste 37

Non, il y a de la place.
不，還有一些位子。
Ce train de 8 heures est complet. Et le train de 8 heures et demie?
八點的火車已經客滿了。那八點半的呢？

接下來我們要探討的是「指示形容詞」。「指示形容詞」是在所有的形容詞章節中最簡單的！在探討這章前，要先釐清什麼是「指示形容詞」。簡單來說，就是中文的「這個的」或「這些的」，而相對應的法語則是 ce、cette、cet 以及 ces。

一 指示形容詞一覽

指示形容詞	
ce（這個的）	+ 陽性單數名詞
cet（這個的）	+ 陽性母音 a、e、i、o、u 或啞音 h 開頭單數名詞
cette（這個的）	+ 陰性單數名詞
ces（這些的）	+（陽性、陰性）複數名詞

Piste 38

二 指示形容詞用法

■ **指示形容詞須置於名詞之前。**

■ **辨別名詞的「性」、「數」再決定用哪個指示形容詞。**

範例：

不定冠詞＋名詞（一個、一些……）	指示形容詞＋名詞（這個、這些……）
un voisin（一位男鄰居）	→ ce voisin（這位男鄰居）
une voisine（一位女鄰居）	→ cette voisine（這位女鄰居）
un hôtel（一間旅館）	→ cet hôtel（這間旅館）
un appartement（一棟公寓）	→ cet appartement（這棟公寓）
un autre appartement（另一棟公寓）	→ cet autre appartement（這另一棟公寓）
un horrible accident（一件恐怖的事故）	→ cet horrible accident（這件恐怖的事故）
des voisins（一些男性鄰居）	→ ces voisins（這些男性鄰居）
des voisines（一些女性鄰居）	→ ces voisines（這些女性鄰居）

例句

- **Ce voisin est sympa.** 這位鄰居（男性）很親切。
- **Cette voisine est un peu fatigante.** 這位鄰居（女性）有點令人厭煩。
- **Cet hôtel est complet.** 這間旅館客滿了。
- **Ce film est très intéressant.** 這部影片令人感到有趣。
- **Tu vas bien dormir cette nuit.** 你（妳）今晚將會很好睡。
- **Tu pars en vacances cet été?** 這個夏天，你（妳）會去度假嗎？

如此一來就學完了所有的形容詞用法了，有沒有覺得很有成就感呢？

■ **打鐵趁熱：**請圈選正確的指示形容詞。

1. ces / cette table (f.s) 這張桌子
2. ces / cette étagères (f.p) 這些書架
3. cette / cet armoire (f.s) 這個衣櫥
4. ce / ces fauteuils (m.p) 這些手扶椅
5. ces / cette chaises (f.p) 這些椅子

解答
1. ces / cette 2. ces / cette 3. cette / cet
4. ce / ces 5. ces / cette

15 NOMBRES 數字

Piste 39

這一章我們來探討不一樣的內容！在日常生活中，我們在買菜、購物或打電話時，都會用到數字。說真的，法語的數字說難也不難，說簡單也不簡單，最重要的就是必須熟記規則，只要規則懂了，就能夠輕而易舉地推算出想表達的數字囉！

一 法語數字表

法語數字							
0	**zéro**	31	trente et un(e)	85	quatre-vingt-cinq		
1	**un(e)**	32	trente-deux	86	quatre-vingt-six		
2	**deux**	33	trente-trois	87	quatre-vingt-sept		
3	**trois**	...		88	quatre-vingt-huit		
4	**quatre**	40	quarante	89	quatre-vingt-neuf		
5	**cinq**	41	quarante et un(e)	90	quatre-vingt-**dix**		
6	**six**	42	quarante-deux	91	quatre-vingt-**onze**		
7	**sept**	...		92	quatre-vingt-douze		
8	**huit**	50	cinquante	93	quatre-vingt-treize		
9	**neuf**	51	cinquante et un(e)	94	quatre-vingt-quatorze		
10	**dix**	52	cinquante-deux	95	quatre-vingt-quinze		
11	**onze**	...		96	quatre-vingt-seize		
12	**douze**	60	soixante	97	quatre-vingt-dix-sept		
13	**treize**	61	soixante et un(e)	98	quatre-vingt-dix-huit		
14	**quatorze**	62	soixante-deux	99	quatre-vingt-dix-neuf		
15	**quinze**	...		100	cent		
16	**seize**	70	soixante-dix	101	cent **un(e)**		
17	**dix-sept**	71	soixante et onze	102	cent deux		
18	**dix-huit**	72	soixante-douze	...			
19	**dix-neuf**	73	soixante-treize	200	deux cent**s**		
20	**vingt**	74	soixante-quatorze	201	deux cent **un(e)**		
21	vingt et un(e)	75	soixante-quinze	...			
22	vingt-deux	76	soixante-seize	1,000	mille		
23	vingt-trois	77	soixante-dix-sept	1,001	mille un(e)		
24	vingt-quatre	78	soixante-dix-huit	...			
25	vingt-cinq	79	soixante-dix-neuf	2,000	deux **mille**		
26	vingt-six	80	quatre-vingt**s**	...			
27	vingt-sept	81	quatre-vingt-**un(e)**	1,000,000	un million		
28	vingt-huit	82	quatre-vingt-deux	...			
29	vingt-neuf	83	quatre-vingt-trois				
30	trente	84	quatre-vingt-quatre				

二 法語數字的規則

從上面的表格，是不是發現到法語數字的說法，有一些規則可循呢？

■ 法語數字 70 到 79 是由數字 60（soixante）與數字 10（dix）到 19（dix-neuf）相加而成。

例如

- **70** 就是用 60（soixante）加上 10（dix）（60 + 10）等於 70（soixante-dix）。
- **71** 就是 60（soixante）加上 11（onze）（60 + 11）等於 71（soixante et onze），以此類推。

■ 數字 80 到 99，是由數字 4（quatre）與 20 相乘（vingt），再與數字 1（un）到 19（dix-neuf）相加。

例如

- **80** 是 4（quatre）乘 20（vingt）（4 x 20）等於 80（quatre-vingts）。
- **81** 的話，是 4（quatre）乘 20（vingt）加 1（un）（4 x 20 + 1）等於 81（quatre-vingt-un）。
- **90** 是 4（quatre）乘 20（vingt）加 10（dix）（4 x 20 + 10）等於 90（quatre-vingt-dix）。
- **91** 是 4（quatre）乘 20（vingt）加 11（onze）（4 x 20 + 11）等於 91（quatre-vingt-onze）。

只要懂了這個基本的概念，其他多大的數字都難不倒你囉！

Piste 40

三 法語數字的用法

■ **法語數字從 80（quatre-vingts）以後遇到後面有 1（un(e) / onze），就不加「et」（和）。**

例如

- **quatre-vingt-un（81）**
- **quatre-vingt-onze（91）**
- **cent un（101）**

■ **在法語的數字中，除了 onze（11）、soixante et onze（71）、quatre-vingt-onze（91）沒有性（陰性、陽性）的變化，其它帶有「un」的數詞在搭配陰性名詞時均要配合從「un」變化成「une」。**

例如

- **trente et un livres**（三十一本書）→ livres（書）為「陽性名詞」則用「un」。
- **trente et une cartes**（三十一張卡片）→ cartes（卡片）為「陰性名詞」則要用「une」。

■ **cinq（5）、six（6）、sept（7）、huit（8）、dix（10）後面跟上的名詞為「子音開頭」時，詞尾則「不發音」。但如果後頭跟上是以母音 a、e、i、o、u 或啞音 h 開頭的名詞，數字詞尾與名詞詞頭就需要做「連誦」。**

例如

- **J'ai huit animaux: cinq chats et trois chiens.**

  我有八隻動物：五隻貓和三隻狗。

■ cent（100）在複數時要加「s」，但如果後面還有其它數字，就不用加「s」。

例如

- cent un（101）
- deux cents（200）
- mille neuf cent quatre-vingt-dix-neuf（1999）

■ 數字 80（quatre-vingts）在一般情況下，詞尾應該加「s」，但如果後面還有其他數字就不加「s」。

例如

- quatre-vingt mille（80,000）

■ mille（1000）是「不變的數詞」，在任何情況下都不用加「s」。

例如

- mille un（1001）
- deux mille un（2001）

■ 電話號碼的唸法是以兩位數的方式來唸喔！

例如

- 06 35 23 15 67（zéro six / trente-cinq / vingt-trois / quinze / soixante-sept）

注意：06 要唸 zéro six，不能只唸 six。

相信大家很快就學會了這章的內容！那麼夢寐以求的法國瘋狂大血拼，殺價也不成問題囉！

■ **打鐵趁熱：**請把以下的阿拉伯數字用法語寫出來。

1. 5 → ______________________
2. 12 → ______________________
3. 40 → ______________________
4. 85 → ______________________
5. 99 → ______________________

解答 1. cinq 2. douze 3. quarante 4. quatre-vingt-cinq 5. quatre-vingt-dix-neuf

16 PRONOMS COMPLÉMENTS D'OBJET DIRECT

直接受詞代名詞

◎ Piste 41

Cette fille, tu la connais?
這位女孩，妳認識她嗎？

Oui, je la connais depuis un an.
是啊，我已經認識她一年了。

還記得我們在第一章提到的法語基本句型吧！其中幾個句型有提到「直接受詞」。大家還記得「直接受詞」是什麼嗎？「直接受詞」就是「直接及物動詞」直接行使動作的對象。還不懂嗎？沒關係，我們就舉幾個範例來看，就會更明白囉！

範例：

主詞	直接及物動詞	直接受詞	法語	中文
Je（我）	connais（知道）	ce restaurant.（這家餐廳）	Je connais ce restaurant.	我知道這家餐廳。
Je（我）	regarde（看）	la télévision.（電視）	Je regarde la télévision.	我在看電視。

明白「直接受詞」是什麼後，我們就要進入今天的主題——「直接受詞代名詞」。「直接受詞代名詞」就是用來替換「直接受詞」的「代名詞」。就像英語 I know this restaurant.（我知道這家餐廳。）如果用代名詞來代替，就會變成 I know it.（我知道它。）。了解這個概念後，我們來看看法語的幾個範例。

範例 1：

主詞	直接及物動詞	直接受詞	法語	中文
Je （我）	cherche （尋找）	Marc. （馬克）	Je cherche Marc.	我在找馬克。

主詞	直接受詞代名詞	直接及物動詞	法語	中文
Je （我）	le （他）	cherche. （尋找）	Je le cherche.	我在找他。

→ le 是用來代替 Marc（馬克）的直接受詞代名詞。

範例 2：

主詞	直接及物動詞	直接受詞	法語	中文
Je （我）	connais （知道）	cette école. （這間學校）	Je connais cette école.	我知道這間學校。

主詞	直接受詞代名詞	直接及物動詞	法語	中文
Je （我）	la （它）	connais. （知道）	Je la connais.	我知道它。

→ la 是用來代替 cette école（這間學校）的直接受詞代名詞。

相信大家看完上面的幾個範例，對直接受詞代名詞有比較清楚的概念了！

一　直接受詞代名詞一覽

直接受詞代名詞			
單數		複數	
我	me (m')	我們	nous
你（妳）	te (t')	您 / 您們 / 你（妳）們	vous
他 / 她 / 它	le / la (l')	他們 / 她們 / 它們	les

注意：me、te、nous、vous 可為「直接受詞代名詞」或「間接受詞代名詞」，並只能代替人。

Piste 42

二　直接受詞代名詞用法

■ 置於「動詞前面」，取代「直接受詞」。

例句

- **A: Elle me regarde?** 她看我嗎？

  B: Oui, elle te regarde. 是啊，她在看你（妳）。

- **A: Tu m'aimes, Paul?** 你喜歡我嗎，保羅？

  B: Oui, je t'aime. 是啊！我喜歡你（妳）。

注意：「直接受詞代名詞」後面跟上的動詞，若是以母音 a、e、i、o、u 或啞音 h 開頭時，me、te、le、la 必須改成「m'」、「t'」、「l'」，並與動詞連誦。

■ **le 可以用來取代「第三人稱男性」；la 可以用來取代「第三人稱女性」；les 可以用來取代「第三人稱複數」（人）。**

例句

- **A: Ce monsieur, tu le connais?** 這位先生，你（妳）認識嗎？
  B: Oui, je le connais. 是，我認識他。
  C: Non, je ne le connais pas du tout. 不，我一點都不認識他。
  → le 取代了 ce monsieur（這位先生）。

- **A: Tu connais cette femme?** 你（妳）認識這位女士嗎？
  B: Oui, je la connais. 是，我認識她。
  C: Non, je ne la connais pas. 不，我不認識她。
  → la 取代了 cette femme（這位女士）。

- **A: Il connaît Marc et Alice?** 他認識馬克和愛麗絲嗎？
  B: Oui, il les connaît. 是，他認識他們。
  C: Non, il ne les connaît pas. 不，他不認識他們。
  → les 取代了 Marc et Alice（馬克和愛麗絲）。

■ **le、la、les除了可以作為「人的直接受詞代名詞」外，還可以作為「動物或事物的直接受詞代名詞」。**

例句

- **A: Il regarde la télévision?** 他在看電視嗎？
  B: Oui, il la regarde. 是，他在看。
  C: Non, il ne la regarde pas. 不，他不看。
  → la 取代了 la télévision（這台電視）。

- **A: Elle prend le bus?** 她在搭公車嗎？

  B: Oui, elle le prend. 是，她在搭。

  C: Non, elle ne le prend pas. 不，她不搭。

  → le 取代了 le bus（這輛公車）。

- **A: Tu adores les chats?** 你熱愛貓嗎？

  B: Oui, je les adore. 是，我熱愛。

  C: Non, je ne les adore pas. 不，我不熱愛。

  → les 取代了 les chats（這些貓）。

■ **要使用「直接受詞代名詞」，最重要的就是要去辨別「直接及物」、「間接及物」或「帶雙受詞及物」動詞。該如何去分辨「直接及物」、「間接及物」還是「帶雙受詞及物」動詞？很簡單；**

（1）若該動詞後面，直接接上「受詞」就表示該動詞為「直接及物動詞」；

（2）若動詞後面先接上一個「直接受詞」再接上一個「介系詞」和「間接受詞」，表示該動詞為「帶雙受詞及物動詞」；

（3）若該動詞後面接上一個「介系詞」才接上「受詞」，表示該動詞為「間接及物動詞」。

明白了動詞為「直接及物」、「間接及物」還是「帶雙受詞及物」後，才能正確地使用代名詞來代替前面所提及的「人」或「東西」。以下我們舉幾個「直接及物」動詞使用「直接受詞代名詞」的範例。

範例 1：regarder quelqu'un / quelque chose 看某個人 / 某個東西

例句

- **A: Tu regardes Alice?** 你（妳）在看愛麗絲嗎？
  B: Oui, je la regarde. 是啊，我在看她。

- **A: Tu regardes la télévision?** 你（妳）在看電視嗎？
  B: Oui, je la regarde. 是啊，我在看。

範例 2：aimer quelqu'un / quelque chose 喜歡某個人 / 某個東西

例句

- **A: Il aime Julia?** 他喜歡茱莉亞嗎？
  B: Oui, il l'aime. 是啊，他喜歡她。

- **A: Il aime la danse?** 他喜歡舞蹈嗎？
  B: Oui, il l'aime. 是啊，他喜歡。

注意：「直接受詞代名詞」後面跟上的動詞，若是以母音 a、e、i、o、u 或啞音 h 開頭時，le、la 必須改成「l'」，並與動詞連誦。

範例 3：connaître quelqu'un / un endroit 認識某個人 / 某個地方

例句

- **A: Ils connaissent ce monsieur?** 他們認識這位先生嗎？
  B: Oui, ils le connaissent. 是啊，他們認識他。

- **A: Ils connaissent ce restaurant chinois?** 他們知道這家中國餐廳嗎？
  B: Oui, ils le connaissent. 是啊，他們知道這家。

■ **直接受詞代名詞在否定句中的位置「ne＋直接受詞代名詞＋動詞＋pas」：**

原句	肯定形式	否定形式
Je connais ce directeur. （我認識這位男經理。）	Je le connais. （我認識他。）	Je ne le connais pas. （我不認識他。）
Je connais cette directrice. （我認識這位女經理。）	Je la connais. （我認識她。）	Je ne la connais pas. （我不認識她。）
Je connais leurs parents. （我認識他們的父母。）	Je les connais. （我認識他們。）	Je ne les connais pas. （我不認識他們。）

這章要學習的內容似乎有比前幾章還多，大家先休息一下，再繼續往下一章邁進！

■ 打鐵趁熱：

請用直接受詞代名詞代替所畫線的直接受詞，並寫出完整句子。

1. Tu regardes la télévision. 你（妳）在看電視。

→ ______________________________

2. J'achète les fleurs. 我買這些花。

→ ______________________________

3. Il prend souvent le bus. 他常常搭公車。

→ ______________________________

4. Je mets le vélo au parking. 我把腳踏車放停車場。

→ ______________________________

5. Je regarde Marc et Jacques. 我看著馬克和傑克。

→ ______________________________

解答

1. Tu la regardes. 2. Je les achète. 3. Il le prend souvent.
4. Je le mets au parking. 5. Je les regarde.

17 PRONOMS COMPLÉMENTS D'OBJET INDIRECT

Piste 43

間接受詞代名詞

Tu me téléphones ce soir?
妳今晚打電話給我嗎？
D'accord, je te téléphone vers 18h.
當然，我今晚大約晚上六點會打給你。

我們上一章講到的「直接受詞代名詞」，是用來「代替前面句子已經提過的直接受詞」。這一章則是「間接受詞代名詞」，顧名思義是用來「代替前面所提過的間接受詞」。要分辨句子中的受詞是不是「間接受詞」，最重要的，是要辨別動詞動作是「為誰做的」或「給誰做的」。我們就舉幾個範例來觀察一下吧！

範例 1：

主詞	間接及物動詞	間接受詞	法語	中文
Je （我）	téléphone （打電話）	à mon père. （給我的爸爸）	Je téléphone à mon père.	我打電話給我的爸爸。

主詞	間接受詞代名詞	間接及物動詞	法語	中文
Je （我）	lui （給他）	téléphone. （打電話）	Je lui téléphone.	我打電話給他。

範例 2：

主詞	及物動詞	直接受詞	間接受詞	法語	中文
J' （我）	offre （贈送）	un cadeau （一份禮物）	à mon père. （給我的爸爸）	J'offre un cadeau à mon père.	我送我的爸爸一份禮物。

主詞	間接受詞代名詞	及物動詞	直接受詞	法語	中文
Je （我）	lui （給他）	offre （贈送）	un cadeau. （一份禮物）	Je lui offre un cadeau.	我送他一份禮物。

一 間接受詞代名詞一覽

間接受詞代名詞			
單數		複數	
我	me (m')	我們	nous
你（妳）	te (t')	您／您們／你（妳）們	vous
他／她	lui	他們／她們	leur

Piste 44

二 間接受詞代名詞用法

■ 置於動詞前面，以取代由介系詞「à」引導的「間接受詞」。

例句

- **Son père téléphone à Marc tous les jours.**
  他（她）爸爸每天都會打電話給馬克。
  Son père lui téléphone tous les jours.
  他（她）爸爸每天都會打電話給他。
  → lui 取代了 à Marc（給馬克）。

- **J'envoie des courriels à mes parents.** 我寄郵件給我的父母。
  Je leur envoie des courriels. 我寄郵件給他們。
  → leur 取代了 à mes parents（給我的父母）。

■ 間接受詞代名詞只能代替「人」，不能代替「事物」。

例句

- **J'écris une carte postale à mon ami taïwanais.**
  我寫一張明信片給我的台灣朋友（男性）。
  Je lui écris une carte postale. 我寫給他一張明信片。
  → mon ami taïwanais（我的台灣朋友（男性））為「人」，用間接受詞代名詞「lui」代替。

■ **若間接受詞為「事物」時，要用 y 來代替。**

例句

- **Je réfléchis à ce problème.** 我考慮到這個問題。

  J'y réfléchis. 我考慮到。

  → y 取代了 à ce problème（這個問題）。

- **Il faut obéir à la loi.** 必須遵守法律。

  Il faut y obéir. 必須遵守。

  → y 取代了 à la loi（法律）。

■ **在使用間接受詞代名詞最重要的就是要去辨別「直接及物」、「間接及物」或「帶雙受詞及物」動詞。該如何去分辨「直接及物」、「間接及物」還是「帶雙受詞及物」動詞？很簡單；**

（1）若該動詞後面，直接接上「受詞」就表示該動詞為「直接及物動詞」；

（2）若動詞後面先接上一個「直接受詞」再接上一個「介系詞」和「間接受詞」，表示該動詞為「帶雙受詞及物動詞」；

（3）若該動詞後面接上一個「介系詞」才接上「受詞」，表示該動詞為「間接及物動詞」。

明白了動詞為「直接及物」、「間接及物」還是「帶雙受詞及物」後，才能正確地使用代名詞來代替前面所提及的「人」或「東西」。以下我們舉幾個「間接及物」、「帶雙受詞及物」動詞使用「間接受詞代名詞」的範例。

範例 1：parler à quelqu'un 跟某個人說話

例句

- **Je parle à ma mère.** 我跟我的媽媽講話。

  Je lui parle. 我跟她講話。

  → lui 取代了 à ma mère（跟我的媽媽）。

範例 2：téléphoner à quelqu'un 打電話給某個人

例句

- **Je téléphone à mon petit ami.** 我打電話給我的男朋友。

  Je lui téléphone. 我打電話給他。

  → lui 取代了 à mon petit ami（給我的男朋友）。

範例 3：envoyer quelque chose à quelqu'un 寄某個東西給某個人

例句

- **J'envoie une carte postale à Julia.** 我寄一張明信片給茱莉亞。

  Je lui envoie une carte postale. 我寄一張明信片給她。

  → lui 取代了 à Julia（給茱莉亞）。

範例 4：acheter quelque chose à quelqu'un 買某個東西給某個人

例句

- **J'achète des fleurs à Émilie et Romain.** 我買一些花給艾蜜莉和羅曼。

  Je leur achète des fleurs. 我買一些花給他們。

  → leur 取代了 à Émilie et Romain（給艾蜜莉和羅曼）。

範例 5：demander quelque chose à quelqu'un 跟某個人要求某個東西

例句

- **Il demande une augmentation à son patron.** 他跟他的老闆要求加薪。

  Il lui demande une augmentation. 他跟他要求加薪。

  → lui 取代了 à son patron（跟他的老闆）。

範例 6：offrir quelque chose à quelqu'un 贈送某個東西給某個人

例句

- **J'offre un cadeau à Julia et Marc.** 我送一份禮物給茱莉亞和馬克。

  Je leur offre un cadeau. 我送給他們一份禮物。

  → leur 取代了 à Julia et Marc（給茱莉亞和馬克）。

範例 7：dire quelque chose à quelqu'un 跟某個人說某個東西

例句

- **Je dis la vérité à mes parents.** 我跟我的父母說實話。

  Je leur dis la vérité. 我跟他們說實話。

  → leur 取代了 à mes parents（跟我的父母）。

範例 8：donner quelque chose à quelqu'un 給某個人某個東西

例句

- **Je donne un livre à Marc.** 我給馬克一本書。

  Je lui donne un livre. 我給他一本書。

  → lui 取代了 à Marc（給馬克）。

■ 間接受詞代名詞在否定句中的位置為「**ne + 間接受詞代名詞 + 動詞 + pas**」：

原句	肯定形式	否定形式
Je parle à mon directeur. （我跟我的經理（男性）講話。）	Je lui parle. （我跟他講話。）	Je ne lui parle pas. （我不跟他講話。）
Je parle à ma directrice. （我跟我的經理（女性）講話。）	Je lui parle. （我跟她講話。）	Je ne lui parle pas. （我不跟她講話。）
Je parle à mes collègues. （我跟我的同事們講話。）	Je leur parle. （我跟他們講話。）	Je ne leur parle pas. （我不跟他們講話。）

■ 打鐵趁熱：

請用間接受詞代名詞代替所畫線的間接受詞，並寫出完整句子。

1. Tu achètes un cadeau d’anniversaire à ton ami français.

   你（妳）買一份生日禮物給你（妳）的法國朋友（男性）。

→ ______________________________

2. Je téléphone à mes parents. 我打電話給我的父母。

→ ______________________________

3. Il écrit à Lucie. 他寫信給露西。

→ ______________________________

4. J’envoie un message à Marc. 我寄一封短訊給馬克。

→ ______________________________

5. Nous parlons à Marc et Julia. 我們跟馬克和茱莉亞講話。

→ ______________________________

解答

1. Tu lui achètes un cadeau d’anniversaire.
2. Je leur téléphone.
3. Il lui écrit.
4. Je lui envoie un message.
5. Nous leur parlons.

18 FUTUR PROCHE ET PASSÉ RÉCENT

Piste 45

近未來式和剛剛過去式

此章我們要談談法語所有時態中，最簡單的兩個時態：「近未來式」及「剛剛過去式」。我們先來說明「近未來式」的形式與用法。

一　近未來式

■ **近未來式概念圖：**

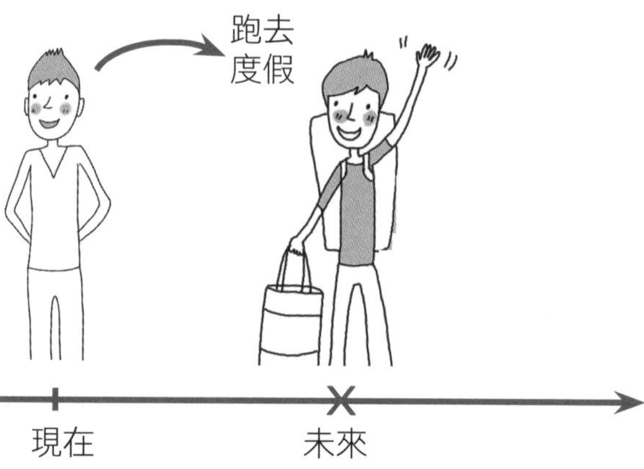

■ 近未來式的形式：

「近未來式」的形式為「主詞 + aller + 原形動詞」，「aller」有「助動詞」的功用，須配合主詞做「動詞變化」，時態通常為「現在式」，後面必須再加上「原形動詞」。「近未來式」的「aller」不是我們在第十章所學到「去某個地方」的意思，而是中文所說的「將要」。

主詞 + aller（將要）現在式動詞變化 + 原形動詞			
	中文		中文
Je vais + 原形動詞	我將要	Nous allons + 原形動詞	我們將要
Tu vas + 原形動詞	你（妳）將要	Vous allez + 原形動詞	您 / 您們 / 你（妳）們將要
Il / Elle va + 原形動詞	他 / 她將要	Ils / Elles vont + 原形動詞	他們 / 她們將要

■ 近未來式的用法：

（1）表達一個企圖或確定的決定。

例句

- **Nous allons réserver des billets de TGV pour l'anniversaire de Mamie.**
  為了奶奶的生日，我們將要訂高鐵票。→ 已經決定的事。
- **Elles vont déménager.**
  她們將要搬家。→ 她們已經知道搬家的日期。

（2）表達一個「立即要做」或「不做」的動作。

例句

- **Je vais sortir avec mes amis.** 我等等要和朋友出去。
- **Ce soir, je vais manger.** 今晚我將要吃東西。
- **Il va se lever rapidement.** 他馬上就要起床。
- **(À la gare) Attention, le train va partir dans une minute!**

（在火車站裡）注意，火車即將在一分鐘後發車！

Piste 46

二 剛剛過去式

Qu'est-ce que tu viens de faire?
妳剛剛做了什麼事？

Rien.
我什麼也沒做。

看完了「近未來式」之後，接著我們來看另一個時態：剛剛過去式。

■ 剛剛過去式概念圖：

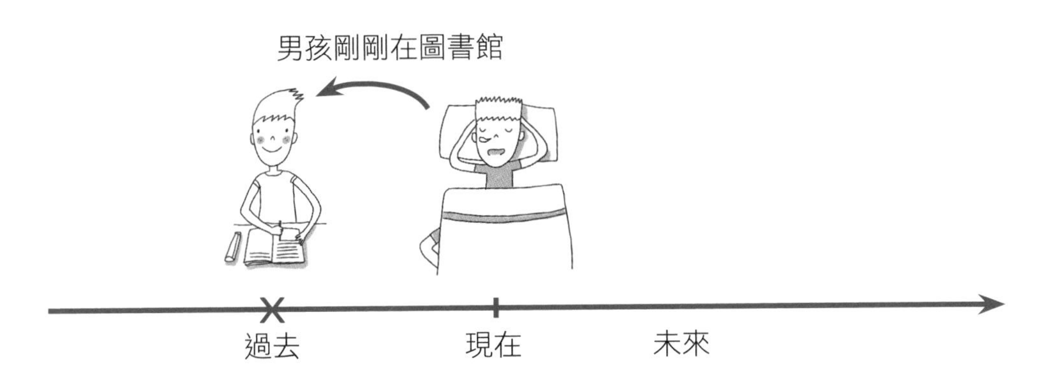

■ 剛剛過去式的形式：

「剛剛過去式」的形式為「主詞 + venir de + 原形動詞」，venir 有「助動詞」的功用，須配合主詞做「動詞變化」，時態通常為「現在式」，後面必須再加上「de + 原形動詞」。「剛剛過去式」的「venir」不是我們在第十章所學到「從某個地方來」的意思，而是中文所說的「剛剛」。

主詞 + venir de（剛剛）現在式動詞變化 + 原形動詞			
	中文		中文
Je viens de + 原形動詞	我剛剛	Nous venons de + 原形動詞	我們剛剛
Tu viens de + 原形動詞	你（妳）剛剛	Vous venez de + 原形動詞	您 / 您們 / 你（妳）們剛剛
Il / Elle vient de + 原形動詞	他 / 她剛剛	Ils / Elles viennent de + 原形動詞	他們 / 她們剛剛

■ 剛剛過去式的用法：

（1）表達「剛剛所發生的一個動作」。

例句

- **Je viens de manger.** 我剛剛吃了東西。
- **Je viens de regarder la télé.** 我剛剛在看電視。
- **Tu viens d'écouter de la musique.** 你（妳）剛剛在聽音樂。

（2）如果要表達過去時態的句子中有「指出明確的時間」，就不能用「剛剛過去式」，而是要用「複合過去式」。（複合過去式詳細的用法可參閱第二十七章。）

範例 1

（X）**Le film vient de commencer il y a 3 minutes.**

（O）**Le film a commencé il y a 3 minutes.**

這部影片在三分鐘前就開始播了。

範例 2

（X）**Je viens d'éteindre la lumière il y a 30 minutes.**

（O）**J'ai éteint la lumière il y a 30 minutes.** 我在三十分鐘前關了燈。

（3）「主詞 + venir de + 原形動詞」可以加上副詞 juste（就）→「主詞 + venir + juste + de + 原形動詞」，用來表達「強調」就在稍早發生的動作，就是我們說的「剛剛就發生某個動作」。

例句

- **Je viens juste de te le dire.** 我剛剛就跟你（妳）說了。
- **Je viens juste d’arriver.** 我剛剛就到了。
- **Il vient juste de partir.** 他剛剛就離開了。
- **Elle vient juste de rentrer.** 她剛剛就回家了。

學完了這兩個時態，有沒有覺得很簡單呢？簡單是簡單，不過還是要實際多說多應用才會更熟練喔！

■ **打鐵趁熱：**請將下列中文翻譯成法語。

1. 我剛剛吃了東西。 ______________________
2. 我今晚將要去看電影。 ______________________
3. 他馬上就要睡覺。 ______________________
4. 我剛剛在聽廣播。 ______________________
5. 他們很快就要搬家。 ______________________

解答

1. Je viens de manger.
2. Je vais aller au cinéma ce soir.
3. Il va se coucher rapidement.
4. Je viens d’écouter la radio.
5. Ils vont bientôt déménager.

19 EN et Y

EN 和 Y（特殊代名詞用法）

Piste 47

Je voudrais deux croissants, s'il vous plaît!
我想要兩個可頌，麻煩您了！
Désolée, je n'en ai plus.
不好意思，我沒有了。

我們這一章要來探討的是「特殊代名詞」en 和 y 的用法，這應該算是簡單的一章了！首先我們來談談為什麼叫「特殊代名詞」，而不是一般的代名詞？這是因為 en 和 y 不只是單純代替名詞而已，也可以取代副詞，有時候甚至形容詞都可取代，也因此會有「特殊代名詞」之稱。接著我們先來介紹 en 的用法。

一 EN 特殊代名詞

■ EN 特殊代名詞用法一覽：

EN 特殊代名詞	
取代「不特定的名詞」	部分冠詞（du / de la / de l'）+ 名詞
	不定冠詞（un / une / des）+ 名詞
	數量詞 + 名詞
取代「de + 事物」	動詞 + de + 名詞
	形容詞 + de + 名詞

■ EN 特殊代名詞的用法：

（1）en 可以用來代替「不定冠詞」（un、une、des）和「部分冠詞」（du、de la、de l'），可以表達「不確切的數量」，也可以附加數量詞表達「精確的數量」。

範例 1：

Il y a du vin? **有酒嗎？**	Oui, il y en a. → 沒有確切的數量。 是，有一些。
	Oui, il y en a trois bouteilles. → 有確切的數量。 是，有三瓶。
	Non, il n'y en a pas. → 否定。 不，沒有。

範例 2：

Vous avez des enfants? **你（妳）有小孩嗎？**	Oui, j'en ai deux. 是，我有兩個。
	Non, je n'en ai pas. 不，我沒有。

範例 3：

Il a acheté un cadeau? **他買了一個禮物？** （複合過去式用法，可參閱第二十七章。）	Oui, il en a acheté ... un / deux / trois ... 是，他買了……一個 / 兩個 / 三個……
	Non, il n'en a pas acheté. 不，他沒買。

範例 4：

Il reste du beurre? **還有剩下牛油嗎？**	Oui, il en reste ... un peu / un morceau ... 是，剩下一些……一點點 / 一塊……
	Non, il n'en reste pas. 不，沒剩下。

（2）en 可以代替「動詞 + de + 名詞」。

範例 1：**parler de quelque chose 談論某東西**

Vous parlez du film? **你們在談論這部影片嗎？**	Oui, nous en parlons. 是，我們正在談論。
	Non, nous n'en parlons pas. 不，我們沒有在談論。

（3）en 可以代替「形容詞 + de + 名詞」。

範例 1：content de quelque chose 對某東西感到滿意

Il est content de ce résultat? 他對那個結果感到滿意嗎？	Oui, il en est content. 是，他很滿意。
	Non, il n'en est pas content. 不，他不滿意。

■ EN 特殊代名詞該放哪裡？

（1）en 必須置於「動詞」或「助動詞」前面。

例句

- **A: Vous avez des sœurs?** 您有姐妹嗎？
  B: Oui, j'en ai deux. 是，我有兩個。

- **A: Elle a invité combien d'amis?** 她邀請了多少個朋友？
  B: Elle en a invité dix. 她邀請了十個。
  （複合過去式用法，可參閱第二十七章。）

（2）若 en 在近未來式時，必須置於「原形動詞」前面：

「aller 現在式動詞變化 + en + 原形動詞」

例句

- **A: Elle va inviter combien d'amis?** 她將要邀請多少個朋友？
  B: Elle va en inviter trois. 她將要邀請三個。

（3）當一個句子有「兩個動詞」時，en 必須置於「相關的原形動詞」前：
「動詞 1 + en + 相關動詞 2」

例句

- A: Tu veux acheter des fraises? 你（妳）想買草莓嗎？
  B: Oui, je veux en acheter. 是，我想買。

（4）注意 en 在「否定形式」中的擺放順序。

◆ en 在有「動詞」或「助動詞」的「否定句」時：
「n'en + 動詞或助動詞 + pas」

例句

- A: Tu as des frères? 你（妳）有兄弟嗎？
  B: Non, je n'en ai pas. 不，我沒有。

- A: Il a acheté des pommes? 他買了一些蘋果嗎？
  B: Non, il n'en a pas acheté. 不，他沒有買。
  （複合過去式用法，可參閱第二十七章。）

注意：若 en 遇上 ne 時，必須變成 n'en。

◆ en 在近未來式時，「否定形式」為：
「ne + aller 現在式動詞變化 + pas + en + 原形動詞」

例句

A: Elle va acheter des jouets? 她將要買一些玩具嗎？
B: Non, elle ne va pas en acheter. 不，她沒有要買。

◆ **當一個否定句子有「兩個動詞」時，en 必須置於「相關的原形動詞」前：「ne + 動詞 1 + pas + en + 相關動詞 2」**

例句

- **A: Tu veux acheter des fleurs?** 你（妳）想要買一些花嗎？
  B: Non, je ne veux pas en acheter. 不，我不想買。

剛剛學完了 en 的用法之後，接著我們就要來學 y 這個「特殊代名詞」的用法囉！

二 Y 特殊代名詞

■ Y 特殊代名詞用法一覽：

Y 特殊代名詞
取代「介系詞 + 地方名詞」
取代「動詞 + à + 普通名詞」

■ Y 特殊代名詞的用法：

（1）y 可以用來代替「介系詞 + 地方名詞」，作為「地方補語」。

範例 1：

Vous allez à la poste? **您要去郵局嗎？**	Oui , j'y vais. 是，我要去。
	Non, je n'y vais pas. 不，我不去。

範例 2：

Vous allez en Bretagne? 您要去布列塔尼嗎？	Oui , j'y vais. 是，我要去。
	Non, je n'y vais pas. 不，我不去。

（2）y 可以用來代替「動詞 + à + 普通名詞」的「à + 普通名詞」。

範例 1：jouer à + 球類運動 玩什麼球類運動

Vous jouez au football? 您踢足球嗎？	Oui , j'y joue. 是，我踢。
	Non, je n'y joue pas. 不，我不踢。

範例 2：penser à quelque chose 想念某東西

Tu penses à la France? 你（妳）想念法國嗎？	Oui, j'y pense souvent. 是，我常常想念。
	Non, je n'y pense jamais. 不，我從不想念。

■ Y 特殊代名詞該放哪裡？

（1）y 必須置於「動詞」或「助動詞」前面。

例句

- A: Il va au supermarché? 他去超市？

  B: Oui, il y va. 是，他去。

（2）若 y 在近未來式時，必須置於「原形動詞」前面：

「aller 現在式動詞變化 + y + 原形動詞」

例句

- A: Avec qui tu vas aller au concert? 你（妳）將和誰去看演唱會？

  B: Je vais y aller avec Marc. 我將和馬克去。

（3）當一個句子有「兩個動詞」時，y 必須置於「相關的原形動詞」前：

「動詞 1 + y + 相關動詞 2」

例句

- A: Tu aimes jouer au basketball? 你（妳）喜歡打籃球嗎？

  B: Oui, j'aime y jouer. 是啊，我喜歡打。

（4）注意 y 在否定形式中的擺放順序。

◆ y 在有「動詞」或「助動詞」的「否定句」時：

「n'y + 動詞或助動詞 + pas」

例句

- A: Tu vas à la soirée? 你（妳）去晚會嗎？

  B: Non, je n'y vais pas. 不，我不去。

- A: Il est allé à l'école hier? 他昨天有去過學校？

  B: Non, il n'y est pas allé hier. 不，他昨天沒有去。

  （複合過去式用法，可參閱第二十七章。）

注意：若 y 遇上 ne 時，必須變成 n'y。

◆ **y 在近未來式時，「否定形式」為：**

「ne + aller 現在式動詞變化 + pas + y + 原形動詞」

例句

- **A: Elle va aller au marché de nuit?** 她將要去夜市嗎？

  B: Non, elle ne va pas y aller. 不，她將沒有要去。

◆ **當一個否定句子有「兩個動詞」時，y 必須置於「相關的原形動詞」前：**

「ne + 動詞 1 + pas + y + 相關動詞 2」

例句

- **A: Tu aimes jouer au tennis?** 你（妳）喜歡打網球嗎？

  B: Non, je n'aime pas y jouer. 不，我不喜歡打。

■ 打鐵趁熱：請使用「特殊代名詞」回答問題。

1. Vous avez acheté des vases? (deux) 您買了一些花瓶嗎？

Oui, ____________________________

2. Tu envoies des cartes postales? (beaucoup) 你（妳）寄一些明信片嗎？

Oui, ____________________________

3. Il prendra des photos? (plusieurs) 他將照一些照片嗎？

Oui, ____________________________

4. Vous êtes passé à la banque? 您有經過銀行了嗎？

Oui, ____________________________

5. Tu joues au tennis? 你（妳）打網球嗎？

Oui, ____________________________

解答
1. j'en ai acheté deux.
2. j'en envoie beaucoup.
3. il en prendra plusieurs.
4. j'y suis passé.
5. j'y joue.

Parfois, nous n'attendons pas quelqu'un, ni quelque chose, mais nous attendons le temps, le temps qui nous permet de se changer.
有時候，我們等的不是什麼人，什麼事，我們等的是時間，等時間，讓自己改變。

20 NÉGATION
否定用法

Piste 49

在現實生活當中，我們不可能每件事情都說「好」，因此我們就有必要學會如何開口勇敢說「不」，不是嗎？
在前幾章裡，我們多多少少都有提到一點點法語「否定句」的用法。在這一章裡，我們就要正式來學習「法語否定的用法」了！

■ ne + 動詞 + pas：表達「不」的意思。

例句

- Je ne suis pas français. 我不是法國人（男性）。
- Je ne sais pas. 我不知道。
- Je ne parle pas un mot de français. 我一個法語字也不會說。
- Il ne vient pas. 他不來。
- Je ne veux pas travailler. 我不想工作。

◆ **加在「直接受詞」前面的「不定冠詞」（un、une、des）和「部分冠詞」（du、de la、de l'）在否定形式時都會變成「ne ... pas de（d'）+ 名詞」。**

例句

- A: Est-ce que tu as une voiture? 你（妳）有一輛車嗎？
  B: Non, je n'ai pas de voiture. 不，我沒有車。

- A: Est-ce que tu as des enfants? 你（妳）有小孩嗎？
  B: Non, je n'ai pas d'enfants. 不，我沒有小孩。

注意 1：ne 後面接上的動詞是母音 a、e、i、o、u 或啞音 h 開頭時，必須改成「n'」。

注意 2：de 後面接上的動詞是母音 a、e、i、o、u 或啞音 h 開頭時，必須改成「d'」。

■ ne + 動詞 + pas encore：表達「還未」的意思。

例句

- Je n'ai pas encore 23 ans. 我還沒 23 歲。
- Je ne sais pas encore. 我還不知道。

注意：Pas encore! → 可以單獨使用，表達「還沒」。

■ **ne + 動詞 + pas du tout：表達「一點也不」的意思。**

例句

- **Je ne comprends pas du tout.** 我一點也不了解。
- **Ce n'est pas du tout difficile.** 這一點也不困難。

■ **ne + 動詞 + plus：表達「不再」的意思。**

例句

- **Je n'habite plus à Taipei.** 我不再住在台北。
- **Je ne joue plus au basket.** 我不再打籃球。
- **A: Est-ce que tu études toujours?** 你（妳）還在讀書？

  B: Non, je n'étudie plus. 不，我不在讀書了。→ 表示已經結束了。

■ **ne + 動詞 + jamais：表達「未曾」、「從不」的意思。**

例句

- **A: Est-ce que tu vas parfois au cinéma?** 你（妳）有時候會去電影院？

  B: Non, je ne vais jamais au cinéma. 不，我未曾去過電影院。

- **A: Est-ce que Marc téléphone de temps en temps à sa tante?**

  馬克常常打電話給他的阿姨嗎？

  B: Non, il ne téléphone jamais à sa tante.

  不，他未曾打電話給他的阿姨過。

■ **ne + 動詞 + personne：表達「沒有（任何）人」的意思。**

例句

- **A: Est-ce que tu connais quelqu'un?** 你（妳）認識某人嗎？

  B: Non, je ne connais personne. 不，我誰也不認識。

■ **ne + 動詞 + rien：表達「沒有什麼東西」的意思。**

例句

- **Je ne sais rien.** 我什麼也不知道。
- **Je n'ai rien sur moi.** 我身上什麼也沒有。

■ **ne + 動詞 + aucun(e) + 單數名詞：表達「一個人或東西也沒有」的意思。**

例句

- **A: Ils ont des amis?** 他們有朋友嗎？

  B: Non, ils n'ont aucun ami, ici. 不，他們在這裡一個朋友也沒有。

- **A: Vous avez des problèmes?** 您有問題嗎？

  B: Non, je n'ai aucun problème. 不，我一個問題也沒有。

■ Personne ne + 動詞 ...：Personne ne 為主詞，表達「沒有人……」的意思。

例句

- **Personne ne m'aime!** 沒有人愛我！
- **Personne n'est là!** 沒有人在那裡！

■ Rien ne + 動詞 ... ：Rien ne 為主詞，表達「沒有什麼……」的意思。

例句

- **Rien n'est impossible.** 沒有什麼是不可能的。

■ ne ... pas ... , ni ... 或 ne ... ni ... ni ...：雙重否定（不……也不……）。

例句

- **Je ne connais pas Marseille, ni Grenoble.**
  我不認識馬賽也不認識格勒諾布爾。

  注意：用「ne ... pas ... , ni ...」的句型時，「ni」前面須加逗號。用「ne ... ni ... ni ...」時則不用加。

- **Je ne connais ni Marseille ni Grenoble.**
  我既不認識馬賽也不認識格勒諾布爾。

■ **打鐵趁熱**：請將下列中文翻譯成法語。

1. 沒有人愛我。 ____________________
2. 我誰也不認識。 ____________________
3. 我身上什麼也沒有。 ____________________
4. 我不知道。 ____________________
5. 她一個問題也沒有。 ____________________

解答
1. Personne ne m'aime.
2. Je ne connais personne.
3. Je n'ai rien sur moi.
4. Je ne sais pas.
5. Elle n'a aucun problème.

21 PHRASES INTERROGATIVES 疑問句型

◎ Piste 50

Oui, je t'aime comme un fou!
是啊，我愛妳愛到瘋了！
Tu m'aimes?
你是否愛我？

在這一章，我們要學的是「疑問句型」。法語的疑問句型分為三種：口語、標準、典雅。學法語時，我們最常接觸到的疑問句型是「標準疑問句」。「口語疑問句」主要用在和親近的人或平輩之間的對話；「典雅疑問句」多半用在報章雜誌或文學相關書籍中；「標準疑問句」則是介於兩者之間。接下來，我們就從口語疑問句開始一一探索吧！

一 口語疑問句

「口語疑問句」是將「肯定句」或「否定句」，尾音「上揚」表達疑問。

■ 「口語疑問句」結構 1：

「肯定句」尾音上揚表達疑問			
主詞	動詞		
範例：		法語	中文
Tu	viens?（尾音上揚）	Tu viens?	你（妳）來嗎？

■「口語疑問句」結構 2：

「否定句」尾音上揚表達疑問					
主詞	ne	動詞	pas		
範例：				法語	中文
Vous	ne	partez	pas?（尾音上揚）	Vous ne partez pas? ↗	您不離開嗎？

例句

- **Tu viens avec moi?** 你（妳）跟我去嗎？
- **Tu n'es pas français?** 你不是法國人（男性）嗎？

Piste 51

二 標準疑問句

■ **用來表達「是否」的「標準疑問句」，要在「直述句」前面加上「Est-ce que」（是否）。特別注意，「Est-ce que」要放「句首」才是詢問「是否」的疑問句，而且回答要用 Oui（是）或 Non（否）。**

用「Est-ce que」表達「是否」的「標準疑問句」結構					
Est-ce que	主詞	動詞	受詞 / 形容詞……？		
範例				法語	中文
Est-ce que	vous	avez	un chat?	Est-ce que vous avez un chat?	您有一隻貓嗎？
Est-ce que	Julia	est	taïwanaise?	Est-ce que Julia est taïwanaise?	茱莉亞是台灣人嗎？

例句

- A: **Est-ce que tu es japonaise?** 妳是日本人（女性）嗎？
  B: **Non, je suis taïwanaise.** 不，我是台灣人（女性）。

- A: **Est-ce que ton ami est là?** 你的男性朋友在那裡嗎？
  B: **Oui, il est là.** 是啊，他在那裡。

■ **如果要問「什麼」、「何時」、「何地」、「如何」等等，要使用「疑問詞」。有「疑問詞」出現的時候，就要使用另一種疑問句結構。**

<table>
<tr><th colspan="6">表達「什麼」、「何時」、「何地」、「如何」等的「標準疑問句」結構</th></tr>
<tr><td>疑問詞</td><td rowspan="10"></td><td rowspan="15">est-ce que</td><td rowspan="15">主詞</td><td rowspan="15">動詞……？</td><td>中文</td></tr>
<tr><td>Comment</td><td>問「如何」</td></tr>
<tr><td>Qu’</td><td>問「什麼」</td></tr>
<tr><td>Quand</td><td>問「何時」</td></tr>
<tr><td>Qui</td><td>問「誰」</td></tr>
<tr><td>Où</td><td>問「哪裡」</td></tr>
<tr><td>Avec qui</td><td>問「和誰」</td></tr>
<tr><td>Pour qui</td><td>問「為了誰」</td></tr>
<tr><td>D’où</td><td>問「從哪來」</td></tr>
<tr><td>Pourquoi</td><td>問「為什麼」</td></tr>
<tr><td>Combien (de) / (d’)</td><td>（+ 複數名詞）</td><td>問「多少」</td></tr>
<tr><td>Quel</td><td>+ 陽性單數名詞</td><td rowspan="2">問「哪一個」</td></tr>
<tr><td>Quelle</td><td>+ 陰性單數名詞</td></tr>
<tr><td>Quels</td><td>+ 陽性複數名詞</td><td rowspan="2">問「哪些」</td></tr>
<tr><td>Quelles</td><td>+ 陰性複數名詞</td></tr>
</table>

例句

- **Quand est-ce que tu vas rentrer?** 你（妳）何時要回家？
- **Qu'est-ce que tu fais dans la vie?** 你（妳）的職業是什麼？
- **Quel livre est-ce que tu préfères?** 你（妳）比較喜歡哪一本書？
- **Où est-ce qu'il va?** 他要去哪裡？
- **Avec qui est-ce que nous travaillons?** 我們是和誰一起工作？

注意 1：「que」遇到後面為以母音 a、e、i、o、u 或啞音 h 開頭的字，需要變成「qu'」。

注意 2：「est-ce que」放在「疑問詞」後面，只是為了讓後面的子句不倒裝！因此在這裡，我們可以將它當成一個沒有意思的「輔助詞」。

注意 3：「Qu'est-ce que c'est?」（這是什麼？）用口語疑問句表達是「C'est quoi?」。「什麼」的疑問詞在法語中為「que」和「quoi」，「que」必須置於「動詞前面」，如果「疑問詞」要置於「動詞後面」，則要用「quoi」。

Piste 52

三 典雅疑問句

■ 「典雅疑問句」的結構：須將主詞、動詞倒裝。

表達「是否」的「典雅疑問句」結構					
動詞	連結號	主詞	受詞 / 形容詞……？		
範例				法語	中文
Avez	-	vous	un chat?	Avez-vous un chat?	您有一隻貓嗎？
Es	-	tu	chinois?	Es-tu chinois?	你是中國人（男性）嗎？

表達「什麼」、「何時」、「何地」、「如何」等的「典雅疑問句」結構					
疑問詞	動詞	連結號	主詞		
範例				法語	中文
Quand	pars	-	tu?	Quand pars-tu?	你（妳）什麼時候出發？
Comment	est	-	elle?	Comment est-elle?	她長得怎樣？
Quel âge	a	-t-	il?	Quel âge a-t-il?	他幾歲？
Comment	va	-t-	elle?	Comment va-t-elle?	她過得怎樣？

■ **若典雅疑問句中的主詞為「人稱代名詞」時，動詞與主詞之間就必須加上「連結號」。（人稱代名詞相關內容請參閱第三章）**

例句

- **Comment vas-tu?** 你（妳）好嗎？
- **Comment allons-nous au cinéma?** 我們要如何去電影院？
- **Quel âge avez-vous?** 您幾歲？
- **Est-il taïwanais?** 他是台灣人嗎？

■ **主詞、動詞倒裝後，以母音結尾的「動詞詞尾」碰到「主詞代名詞」il（他）/ elle（她）時，在「動詞」與「人」中間除了連結號，還要加上「t」，變成「動詞 -t- 人」。**

例句

- **Comment va-t-il?** 他長得怎樣？
- **Comment va-t-elle?** 她長得怎樣？

■ **打鐵趁熱**：請將下列的字重組成句子。

1. est-ce que / avez / un stylo / vous / ? 您有一支原子筆嗎？

____

2. vous / allez / est-ce que / à Taïwan / ? 您去台灣嗎？

____

3. il / ? / a rempli / ce dossier / est-ce qu' 他填了這個文件了嗎？

____

4. il / des places / ? / est-ce qu' / reste 還有位子嗎？

____

5. au Jardin du Luxembourg / est-ce que / vas / tu / ? / pour te promener
你（妳）要去盧森堡公園散步嗎？

____

解答
1. Est-ce que vous avez un stylo?
2. Est-ce que vous allez à Taïwan?
3. Est-ce qu'il a rempli ce dossier?
4. Est-ce qu'il reste des places?
5. Est-ce que tu vas au Jardin du Luxembourg pour te promener?

22 ADVERBE
副詞

Piste 53

這一章要學的是法語「副詞」的變法以及用法。大家還記不記得，我們在第十二章已經學到，「形容詞」怎麼從陽性變成陰性以及其用法了！由於法語的「副詞」很多是由形容詞變化而來，因此副詞的變法對大家而言，可說是易如反掌。

一 副詞一般規則的變法

基本上「副詞」是由「陰性的形容詞 + ment 」所變化而來的。我們來觀察下面幾個範例，就可以很容易理解一般規則的變法。

範例：

陽性形容詞	→ 陰性形容詞	→ 副詞
fort（強烈的）	forte	fortement（強烈地）
doux（溫柔的）	douce	doucement（溫柔地）
fou（瘋狂的）	folle	follement（瘋狂地）
parfait（完美的）	parfaite	parfaitement（完美地）
lent（慢的）	lente	lentement（慢地）

例句

- **Elle est follement amoureuse de lui.** 她瘋狂地愛上了他。
- **Parlez lentement, s'il vous plaît!** 麻煩您說慢點！
- **Doucement, ne nous emballons pas!** 冷靜點，我們不要激動！

有沒有覺得看完這個表格之後，就輕輕鬆鬆把副詞的變法學會了？但是法語的副詞除了「有規則的變法」外，也有一些是「特殊的變法」和「完全不規則的變法」的副詞。接下來我們就來看看這些例外！

Piste 54

二 副詞特殊的變法

假如看到某些特定的「陽性形容詞」詞尾，像是 -ent、-ant……等等的詞尾，就會有另外的一套變法。以下歸納出三種不同的變法。

■ 以「-ent」結尾的形容詞，詞尾要從「-ent」變成「-emment」。-emment 發音為 [amã]。

範例：

陽性形容詞	→ 副詞
évident（明顯的）	évidemment（明顯地）
violent（暴力的）	violemment（暴力地）
prudent（謹慎的）	prudemment（謹慎地）

例句

- **Évidemment, je t'accompagne.** 當然，我陪你（妳）去。
- **Elle conduit prudemment.** 她開車特別小心。

■ 以「-ant」結尾的形容詞，詞尾要從「-ant」變成「-amment」。-amment 發音為 [amã]。

範例：

陽性形容詞	→ 副詞
courant（流暢的）	couramment（流暢地）
suffisant（足夠的）	suffisamment（足夠地）

例句

- **Il parle couramment le chinois.** 他中文說得很流利。
- **J'ai suffisamment mangé, merci.** 我吃得很飽了，謝謝。

■ 如果是以「-i」、「-é」、「-u」結尾的「陽性形容詞」，就會直接以「陽性形容詞」做變化，也就是副詞的變化法為「陽性形容詞 + ment」。

範例：

「-i」、「-é」、「-u」結尾的陽性形容詞 → 副詞	
vrai（確實的）	vraiment（確實地）
joli（漂亮的）	joliment（漂亮地）
aisé（自在的）	aisément（自在地）
assuré（肯定的）	assurément（肯定地）
absolu（絕對的）	absolument（絕對地）

例句

- **C'est vraiment le foutoir, ici !** 這裡真是亂七八糟！
- **C'est une femme qui s'énerve aisément.** 這是一位很容易發火的女人。
- **Tu as absolument raison.** 你（妳）完全正確。

Piste 55

三 副詞完全不規則的變法

以下這些完全不規則的副詞，就只能靠大家的心力去牢記了。

■ **bon（好的）→ bien（不錯地）：**

例句

- **J'ai une bonne idée.** 我有一個好點子。
- **Il travaille bien.** 他工作得很不錯。
- **Elle parle bien le français.** 她法語説得不錯。

■ **mauvais（不好的）→ mal（糟糕地）：**

例句

- **J'ai une mauvaise idée.** 我有一個壞點子。
- **Il parle mal l'italien.** 他義大利語說得不好。
- **Elles vont mal comprendre.** 她們將不太明白。

Piste 56

四 副詞的用法

■ **修飾動詞。**

例句

- **Il me répond poliment.** 他很有禮貌地回答我。
- **Elle explique clairement.** 她解釋得很清楚。

■ **修飾形容詞。**

例句

- **Ils sont généralement prudents.** 他們一般而言都很謹慎。
- **Elle est complètement d'accord.** 她完全同意。

■ **修飾另一副詞。**

例句

- **Il conduit très prudemment.** 他開車非常謹慎。

■ **打鐵趁熱**：請將下列中文翻譯成法語。

1. 我的男朋友非常帥。

____

2. 他法語說得很不錯。

____

3. 她解釋得很清楚。

____

4. 她很瘋狂地愛上了你（妳）。

____

5. 這張桌子被裝飾得非常美觀。

____

解答
1. Mon petit ami est vraiment beau.
2. Il parle bien le français.
3. Elle explique clairement.
4. Elle est follement amoureuse de toi.
5. Cette table est très joliment décorée.

23 COMPARAISON
比較用法

Piste 57

Tu penses que Romain est plus grand que moi?
你認為羅曼比我高嗎？
Non, je ne pense pas du tout.
不，我一點也不認為。

我們常聽到買東西要貨比三家，所以當我們在購物時，都會比較哪個東西比較便宜、或者是哪家東西比較好，這就是比較級（Comparatif）的概念。那麼，「比較級」又是何種概念？「比較級」是用於「比較兩件事物或兩個群體，說明兩者間在程度或數量上的差異」。接下來，我們就來學習法語比較級的用法。

一 比較級的用法

「比較級」是用來「比較人、事、動作或數量」，並指出兩者之間的相同或不同，較好？較差？或是一樣的。

範例：

比較級用法一覽表		
+ 比較多	＝ 一樣多	- 比較少
plus + 形容詞 / 副詞 + que Il est plus grand que moi. 他比我高。 Elle est plus grande que moi. 她比我高。	aussi + 形容詞 / 副詞 + que Il est aussi beau que moi. 他跟我一樣帥。 Elle est aussi belle que moi. 她跟我一樣漂亮。	moins + 形容詞 / 副詞 + que Il est moins grand que moi. 他沒有比我高。 Elle est moins grande que moi. 她沒有比我高。
plus de + 名詞（+ que ...） Il a plus d'amis. 他有較多的朋友。 J'ai plus d'amis que Vincent. 我的朋友比汎森多。	autant de + 名詞（+ que ...） J'ai autant d'amis. 我有一定的朋友。 J'ai autant d'amis que Vincent. 我的朋友跟汎森一樣多。	moins de + 名詞（+ que ...） J'ai moins d'amis. 我有較少的朋友。 J'ai moins d'amis que Vincent. 我的朋友比汎森少。
動詞 + plus que J'étudie plus que mes camarades. 我學習得比我的同學多。	動詞 + autant que J'étudie autant que mes camarades. 我學習得跟我的同學一樣多。	動詞 + moins que J'étudie moins que mes camarades. 我學習得比我的同學少。

注意：plus de / autant de / moins de 的 de 是一個不變的字。

Piste 58

二 搭配不同詞性的比較級句型

■ 搭配「形容詞」或「副詞」的比較級句型：plus / aussi / moins + 形容詞 / 副詞 + que

例句

- **La France est plus grande que Taïwan.** 法國比台灣大。
  → 記得形容詞要跟前面所修飾的名詞做「性數配合」，因此陽性形容詞「grand」會變成陰性形容詞「grande」。
- **Julia parle moins clairement qu'Alice.** 茱莉亞沒有說得比愛麗絲清楚。
  → 副詞為不變的字，因此不需做任何改變。
- **Mon voisin est aussi grand que moi.** 我的男鄰居跟我一樣高。
  → que 後面要加上「人稱代名詞」時，需要用「重讀音代名詞」。

注意：que 後面接上以母音 a、e、i、o、u 或啞音 h 開頭的字母，就要改成「qu'」。

■ 搭配「名詞」的比較級句型：plus de / autant de / moins de + 名詞 + que

例句

- **Je bois plus d'eau que toi.** 我喝的水比你（妳）多。
- **Je mange autant de chocolat que toi.** 我吃的巧克力跟你（妳）一樣多。
- **Je mange moins de riz que toi.** 我吃的飯比你（妳）少。

■ 搭配「動詞」的比較級句型：動詞 + plus que / autant que / moins que

例句

- **Hong-Yi étudie plus que ses camarades.** 弘毅學習得比他的同學多。
- **Il travaille autant que moi.** 他工作得跟我一樣多。
- **Elle travaille moins que son mari.** 她工作得比她的丈夫少。

Piste 59

三 不規則比較級形態：bon（好的）

■ bon（好的）的比較級形態：

bon（好的）為「形容詞」，「副詞」的變化為 bien（好地）。

（1）bon（好的）→ meilleur / meilleure / meilleurs / meilleures（較好的）：

好的	較好的	形容詞性數
bon	meilleur	陽性單數
bonne	meilleure	陰性單數
bons	meilleurs	陽性複數
bonnes	meilleures	陰性複數

例句

- **Ce gâteau est meilleur que l'autre.** 這個蛋糕比其他的還好。
- **Ton idée est meilleure que la mienne*.** 你（妳）的點子比我的還好。

（2）bien（好地）→ mieux（較好地）：

例句

- **Tu parles mieux le français qu'elle.** 你（妳）法語說得比她還要好。
- **Ce chef cuisine mieux que l'autre.** 這位主廚菜煮得比其他的還要好。

＊補充：「所有格代名詞」用來代替「所有格形容詞 + 名詞」

所有格代名詞				
陽性單數	陰性單數	陽性複數	陰性複數	中文
le mien	la mienne	les miens	les miennes	我的
le tien	la tienne	les tiens	les tiennes	你（妳）的
le sien	la sienne	les siens	les siennes	他的 / 她的
le nôtre	la nôtre	les nôtres		我們的
le vôtre	la vôtre	les vôtres		您的 / 您們的 / 你（妳）們的
le leur	la leur	les leurs		他們的 / 她們的

例句

- **A: Mes filles n'aiment pas les chats.** 我的女兒們不喜歡貓。

  B: Les miennes non plus n'aiment pas les chats. 我的（女兒們）也不喜歡。

大家是否已經學會比較級的用法了呢？記得多多練習，才不會要用的時候，突然腦袋一片空白！

■ **打鐵趁熱：**請把下列中文翻譯成法語。

1. 他跟我一樣帥。 ______________________________

2. 她比我美。 ______________________________

3. 她工作得比我少。 ______________________________

4. 我吃的巧克力跟你（妳）一樣多。 ______________________________

5. 我學習得比你（妳）多。 ______________________________

解答

1. Il est aussi beau que moi.
2. Elle est plus belle que moi.
3. Elle travaille moins que moi.
4. Je mange autant de chocolat que toi.
5. J'étudie plus que toi.

24 SUPERLATIF
最高級

Piste 60

C'est où?
是哪呢？
Ma ville est la plus belle ville du monde.
我的城市是世界上最美的城市。

我們在上一章，已經學會「比較級」的用法，而在這一章，要繼續學習「最高級」的用法。

什麼是「最高級」？我們常聽到「她是最美的女生」，「最美的」就是最高級的概念。接下來，就來看看法語中「最高級」的用法。

一　最高級的用法

「最高級」是用來描述事物處於某些特性的「上限」或「下限」，像是最高、最小、最快、最高等。當句中的主詞同時與多個受詞一起比較，就會使用到這類用法。

範例：

> 相較起來最好	< 相較起來最差
Ma ville est la plus belle ville du monde. 我的城市是世界上最美的城市。	Ce billet de train est le moins cher. 這張火車票是最不貴的。
Roland Barthes est l'écrivain français le plus connu. 羅蘭巴特是最有名的法國作家。	L'anglais est la langue la moins difficile. 英語是最不困難的語言。

Piste 61

二　搭配不同詞性的最高級句型

■ 搭配「形容詞」的最高級句型：

（1）相較起來最好：le plus / la plus / les plus + 形容詞

例句

- **Jacques est le garçon le plus grand de la classe.**

  傑克在班上是最高的男孩。

（2）相較起來最差：le moins / la moins / les moins + 形容詞

例句

- **Julia est la fille la moins grande de la classe.**
  茱莉亞在班上是最矮的女孩。

注意 1：最高級句型中，形容詞必須跟所修飾的名詞做「性數配合」。
注意 2：最高級之下要表示「在……之中」時，會使用介系詞 de、de la、de l'、du、des。

例如

- **la plus belle ville de France** 法國最美的城市
- **le plus grand cabaret du monde** 世界最大的夜總會

■ 搭配「副詞」的最高級句型：

（1）相較起來最好：le plus + 副詞

例句

- **C'est Marc qui court le plus vite.** 跑最快的是馬克。
- **Prenez ces fleurs! Ce sont celles* qui durent le plus longtemps.**
  您拿這些花吧！就是這些花能開得最久。

＊補充：「指示代名詞」用來代替「指示形容詞 + 名詞」

指示代名詞			
	簡單形式	複合形式	中文
陽性單數	celui	celui-ci（離自己近） celui-là（離自己遠）	這個

	簡單形式	複合形式	中文
陰性單數	celle	celle-ci（離自己近） celle-là（離自己遠）	這個
陽性複數	ceux	ceux-ci（離自己近） ceux-là（離自己遠）	這些
陰性複數	celles	celles-ci（離自己近） celles-là（離自己遠）	這些

例句

- **A: Ce pantalon coûte combien?** 這件褲子多少錢？

  B: Celui-ci coûte cinquante euros. 這件五十歐元。

  A: Et celui-là? 那，那件呢？

- **A: Cette robe coûte combien?** 這件洋裝多少錢？

  B: Celle-ci coûte quarante euros. 這件四十歐元。

  A: Et celle-là? 那，那件呢？

（2）相較起來最差：le moins + 副詞

例句

- **C'est moi qui mange le moins vite.** 吃最慢的是我。
- **C'est lui qui parle le moins clairement.** 講得最不清楚的是他。

Piste 62

三 不規則最高級形態：bon（好的）

■ bon（好的）的最高級形態：

bon（好的）為「形容詞」，「副詞」的變化為 bien（好地）。

（1）bon（好的）→ le meilleur / la meilleure / les meilleurs / les meilleures（最好的）：

好的	最好的	形容詞性數
bon	le meilleur	陽性單數
bonne	la meilleure	陰性單數
bons	les meilleurs	陽性複數
bonnes	les meilleures	陰性複數

例句

- **Les fraises de mon jardin sont les meilleures.**
  我花圃裡的草莓是最棒的。
- **Les plaisanteries les plus courtes sont les meilleures.**
  最短的笑話是最棒的。

（2）bien（好地）→ le mieux（最不錯地）：

例句

- **C'est Lucie qui chante le mieux.** 唱最好的是露西。

■ **打鐵趁熱：**請將下列中文翻譯成法語。

1. 他是班上最高的。

____

2. 唱最好的是我。

____

3. 吃最慢的是他。

____

4. 唱最好的是露西。

____

5. 傑克在班上是最胖的男孩。

____

解答

1. Il est le plus grand de la classe.
2. C'est moi qui chante le mieux.
3. C'est lui qui mange le moins vite.
4. C'est Lucie qui chante le mieux.
5. Jacques est le garçon le plus gros de la classe.

25 IMPÉRATIF 命令式

Piste 63

Écoute! Va ranger ta chambre!
聽著！去整理你的房間！

Oui, je vais le faire plus tard.
是的，我晚點去整理。

在日常生活中，很常會用到「命令式」。例如小時候媽媽曾對我們說的「去整理房間」、「去吃飯」、「去寫功課」，這些就是這章要學的命令式！也希望大家學完後，也能用法語說出命令句喔！

那麼我們就開始探討命令式的概念吧！

一 命令式的概念

「命令式」只會使用於三種人稱，分別為tu（你（妳））、nous（我們）、vous（您／您們／你（妳）們），而這三種形態的動詞，都是從現在式產生的（但也有少數例外，之後會再探討）。

命令式可以用來表達「命令」、「建議」和「祝福」這三種口氣。

例句

- **Range tes affaires.** 整理你（妳）的東西吧。→ 表達「命令」的口氣。
- **Prends le bus.** 你（妳）搭公車吧。→ 表達「建議」的口氣。
- **Travaille bien!** 祝你（妳）工作順利！→ 表達「祝福」的口氣。

接著，我們來看「命令式」是怎樣來的！

Piste 64

二　命令式的變法

■ **將命令對象「主詞」tu（你（妳））、nous（我們）或 vous（您 / 您們 / 你（妳）們）去掉，保留「動詞」。**

■ **當命令對象為 tu（你（妳）），且使用的動詞為現在式「-er 結尾」第一類規則動詞和 aller（去）時，必須去掉動詞詞尾的「s」。如果是其他動詞，就會跟「現在式」的動詞變化一樣，但也有一些特例，所以要特別記起來！**

■ **「命令式」範例：**

範例 1：

對象	parler（說）	
對象是 tu（你（妳））	Tu parles	→ Parle
對象是 nous（我們）	Nous parlons	→ Parlons
對象是 vous（您 / 您們 / 你（妳）們）	Vous parlez	→ Parlez

例句

- **Parle en français!** 你（妳）用法語說吧！

- **Parlons en français!** 我們用法語說吧！
- **Parlez en français!** 您 / 您們 / 你（妳）們用法語說吧！

範例 2：

對象	aller（去）	
對象是 tu（你（妳））	Tu vas	→ Va
對象是 nous（我們）	Nous allons	→ Allons
對象是 vous（您 / 您們 / 你（妳）們）	Vous allez	→ Allez

例句

- **Va dormir!** 你（妳）去睡覺！
- **Allons dormir!** 我們去睡覺！
- **Allez dormir!** 您 / 您們 / 你（妳）們去睡覺！

注意：aller（去）是第三類不規則變化之動詞，在命令式是個特例，在第二人稱 tu（你（妳））時，也必須要去掉「s」。

好！我們再多舉幾個例子看看！

範例 3：

對象	danser（跳舞）	
對象是 tu（你（妳））	Tu danses	→ Danse
對象是 nous（我們）	Nous dansons	→ Dansons
對象是 vous（您 / 您們 / 你（妳）們）	Vous dansez	→ Dansez

例句

- **Danse!** 你（妳）跳舞吧！

- **Dansons!** 我們跳舞吧！
- **Dansez!** 您 / 您們 / 你（妳）們跳舞吧！

範例 4：

對象	finir（完成）	
對象是 tu（你（妳））	Tu finis	→ Finis
對象是 nous（我們）	Nous finissons	→ Finissons
對象是 vous（您 / 您們 / 你（妳）們）	Vous finissez	→ Finissez

例句

- **Finis ton travail!** 你（妳）完成工作吧！
- **Finissons notre travail!** 我們完成工作吧！
- **Finissez votre travail!** 您 / 您們 / 你（妳）們完成工作吧！

■ 生活常用命令式：

說明了這麼多法語命令式的變化後，接下來舉幾個生活中常用的命令句。像是大家從小到大聽過多少次的「你閉嘴」，那法語該怎麼說呢？

- **Tais-toi!** 你（妳）閉嘴！

很好，我們再舉其他常用句子來看看！

- **Range ta chambre!** 整理你（妳）的房間！
- **Range tes affaires!** 整理你（妳）的東西！
- **Fais le ménage!** 你（妳）去做家事！
- **Va dormir!** 你（妳）去睡覺！

Piste 65

三 命令式肯定形式的用法

■ 命令式是用來表達「命令」、「建議」或「祝福」的口氣。

例句

- **Range tes vêtements!**
  去整理你（妳）的衣服！ → 表達「命令」的口氣。
- **Prends cette rue après ce carrefour!**
  你（妳）在這個十字路口後，走這條路吧！→ 表達「建議」的口氣。
- **Travaille bien!**
  祝你（妳）工作順利！ → 表達「祝福」的口氣。

■ 把我的「s」還回來：

當命令式命令對象為 tu（你（妳））且後面跟著特殊代名詞「y」、「en」時，就要把「-er 結尾」第一類規則動詞與 aller（走）動詞去掉的「s」還回來！

例句

- **Va à la banque!** 你（妳）去銀行吧！ → **Vas-y!** 你（妳）去吧！
- **Achète du lait!** 你（妳）買牛奶！ → **Achètes-en!** 你（妳）買吧！

■ 命令式後面接的「人稱受詞代名詞」為「me」（我）和「te」（你（妳））時，要用「moi」（我）和「toi」（你（妳））代替。

例句

- **Parle-moi!** 你（妳）跟我說！
- **Écoute-moi!** 你（妳）聽我說！

Piste 66

四 命令式否定形式的用法

■ **命令式的否定形式為「ne + 命令式動詞 + pas」。**

例句

- **Ne mange pas trop!** 你（妳）不要吃太多！
- **Ne buvez pas dans le métro!**
  您 / 您們 / 你（妳）們在捷運裡不要喝東西！

■ **「肯定命令式」中有「受詞代名詞」時，要把「受詞代名詞」置於「命令式動詞後面」，並用連結號「-」將「命令式動詞」與「受詞代名詞」串連在一起。但為「否定命令式」時，則要置於「命令式動詞前面」，且不使用連結號「-」。**

範例 1：

肯定命令式	肯定命令式（有受詞代名詞）	否定命令式（有受詞代名詞）
Demandez à vos cousins! 問您 / 您們 / 你（妳）們的堂兄弟！	Demandez-leur! 您 / 您們 / 你（妳）們問他們！	Ne leur demandez pas! 您 / 您們 / 你（妳）們不要問他們！

範例 2：

肯定命令式	肯定命令式（有受詞代名詞）	否定命令式（有受詞代名詞）
Appelle Marc! 你（妳）打電話給馬克！	Appelle-le! 你（妳）打電話給他！	Ne l'appelle pas! 你（妳）不要打電話給他！

範例 3：

肯定命令式	肯定命令式（有受詞代名詞）	否定命令式（有受詞代名詞）
Prends du sel! 你（妳）拿一些鹽巴！	Prends-en! 你（妳）拿一些吧！	N'en prends pas! 你（妳）不要拿！

Piste 67

五　反身動詞的命令式變法

首先我們觀察下面幾個肯定和否定的範例，再來做一個結論吧！

範例 1：

肯定	
對象	s'asseoir（坐下）
對象是 tu（你（妳））	Assieds-toi!　你（妳）坐下！
對象是 nous（我們）	Asseyons-nous!　我們坐下！
對象是 vous （您 / 您們 / 你（妳）們）	Asseyez-vous! 您 / 您們 / 你（妳）們坐下！

範例 2：

否定	
對象	s'asseoir（坐下）
對象是 tu（你（妳））	Ne t'assieds pas!　你（妳）不要坐！
對象是 nous（我們）	Ne nous asseyons pas!　我們不要坐！
對象是 vous（您 / 您們 / 你（妳）們）	Ne vous asseyez pas! 您 / 您們 / 你（妳）們不要坐！

大家有發現嗎？在「肯定命令式」中，反身動詞的代名詞要置於「命令式動詞的後面」，並用連結號「-」將「命令式動詞」與「反身動詞的代名詞」串連在一起！相反地，在「否定命令式」中，反身動詞的代名詞要置於「命令式動詞的前面」，且不使用連結號「-」喔！

Piste 68

六 être（是）、avoir（有）不規則命令式的動詞變化

être（是）、avoir（有）不規則命令式動詞變化		
對象	être（是）	avoir（有）
對象是 tu（你（妳））	sois	aie
對象是 nous（我們）	soyons	ayons
對象是 vous（您 / 您們 / 你（妳）們）	soyez	ayez

例句

- **Sois gentil!** 你（男性）友善一點！
- **Soyez prudent!** 您（男性）謹慎點！
- **Ayons du courage!** 我們有勇氣點！
- **Ayez confiance!** 您 / 您們 / 你（妳）們有信心點！

■ **打鐵趁熱**：請將下列中文翻譯成法語。

1. 我們吃吧！

____

2. 你（妳）閉嘴！

____

3. 整理你（妳）的房間！

____

4. 你（妳）去睡覺！

____

5. 我們走吧！

____

解答

1. Mangeons!　2. Tais-toi!　3. Range ta chambre!
4. Va dormir!　5. Allons-y!

Parfois, ce que nous n'arrivons pas à changer nous changera à la fin.
很多時候，那些我們無法改變的事情，最終改變了我們。

26 FUTUR SIMPLE
簡單未來式

Piste 69

Qu'est-ce que vous ferez, l'année prochaine?
您明年將要做什麼事？
J'irai à Paris pour mes études.
我將要去巴黎讀書。

在氣象報導中，我們常會聽到主播說「明天北部地區晴時多雲」、「未來一週南部會有豪大雨」……等等相關話語，由於這是在表達未來會發生的事，因此在時態上我們就會用簡單未來式，這跟我們這一章要探討的主題有關！

這一章要探討的是「簡單未來式」。「簡單未來式」是用來表達「將來會發生的一個動作或狀態」，和「近未來式」有所不同。「簡單未來式」所表達的這個未來動作，可以發生在「較近的明天」，也可以發生在「較遠的未來」，而「近未來式」表達的則是將要做的一件事，可能發生在下一秒或離現在很近的時間內。

我們先舉個英語和法語的例句來相互對照，並觀察看看哪裡不同，便可清楚知道法語「簡單未來式」的用法。

It will rain next week.（英語） 下週會下雨。

Il pleuvra la semaine prochaine.（法語） 下週會下雨。

有沒有發現英語是以 will 當成助動詞，表達未來將發生的事，相反地，法語則是在動詞的身上做簡單未來式的變化。接下來，我們就正式進入這一章的主題。

一 簡單未來式概念圖

二 簡單未來式動詞變化

■ 第一、第二類規則動詞和多數第三類動詞的變化

（1）第一、第二類規則動詞和多數第三類動詞的變化步驟：

◆ **步驟 1：將原形動詞當作詞幹。**

◆ **步驟 2：詞幹後面加上簡單未來式之詞尾。**

簡單未來式動詞變化的詞尾			
我	Je ... ai	我們	Nous ... ons
你（妳）	Tu ... as	您 / 您們 / 你（妳）們	Vous ... ez
他 / 她	Il / Elle ... a	他們 / 她們	Ils / Elles ... ont

（2）常見動詞範例：

◆ **partir（離開；出發）的簡單未來式動詞變化：**

◆ **步驟 1：將原形動詞當作詞幹。**

原形動詞	詞幹
partir（離開；出發）	partir-

◆ **步驟 2：詞幹後面加上簡單未來式之詞尾。**

Je partirai	Nous partirons
Tu partiras	Vous partirez
Il / Elle partira	Ils / Elles partiront

例句

- **On partira jeudi prochain.** 我們下週四離開。
- **Nous partirons en voyage demain matin.** 我們明早出發去旅行。

◆ **oublier（忘記）的簡單未來式動詞變化：**

◆ **步驟 1：將原形動詞當作詞幹。**

原形動詞	詞幹
oublier（忘記）	oublier-

◆ **步驟 2：詞幹後面加上簡單未來式之詞尾。**

J'oublierai	Nous oublierons
Tu oublieras	Vous oublierez
Il / Elle oubliera	Ils / Elles oublieront

例句

- **Je ne t'oublierai pas.** 我將不會忘記你（妳）。
- **Je n'oublierai pas le jour de notre rencontre.**
  我將不會忘記我們相遇的那天。

■「-re」結尾的原形動詞變化

（1）「-re」結尾的原形動詞變化步驟：

- 步驟 1：將「-re」結尾的原形動詞去掉最後面的「e」，剩下的部分即為詞幹。
- 步驟 2：詞幹後面加上簡單未來式之詞尾。

（2）常見動詞範例：

- **dire（說）的簡單未來式動詞變化：**

- 步驟 1：將「-re」結尾的原形動詞去掉最後面的「e」，剩下的部分即為詞幹。

原形動詞	去掉「e」	詞幹
dire（說）	→ dir	dir-

- 步驟 2：詞幹後面加上簡單未來式之詞尾。

Je dirai	Nous dirons
Tu diras	Vous direz
Il / Elle dira	Ils / Elles diront

例句

- **Tu me diras quand tu seras prêt.**
  你再告訴我哪時候你（男性）會準備好。
- **Tu me diras quand tu seras disponible.**
  你（妳）再告訴我哪時候你（妳）會有空。

◆ **attendre（等待）的簡單未來式動詞變化：**

◆ **步驟 1：將「-re」結尾的原形動詞去掉最後面的「e」，剩下的部分即為詞幹。**

原形動詞	去掉「e」	詞幹
attendre（等待）	→ attendr	attendr-

◆ **步驟 2：詞幹後面加上簡單未來式之詞尾。**

J'attendrai	Nous attendrons
Tu attendras	Vous attendrez
Il / Elle attendra	Ils / Elles attendront

例句

- **Tu m'attendras?** 你（妳）將會等我嗎？
- **Elle m'attendra devant la bibliothèque.** 她將會在圖書館前面等我。

■ 簡單未來式不規則動詞變化：

（1）簡單未來式不規則動詞變化步驟：

◆ 步驟 1：以下常見的動詞，簡單未來式的詞幹是不規則的，請熟記它們的簡單未來式不規則的動詞詞幹。

簡單未來式不規則的動詞詞幹	
原形動詞	不規則詞幹
être（是）	ser-
avoir（有）	aur-
faire（做）	fer-
aller（去）	ir-
venir（來）	viendr-
devoir（應該）	devr-
voir（看見）	verr-
pouvoir（能夠）	pourr-
savoir（知道）	saur-
recevoir（收到）	recevr-
vouloir（想要）	voudr-
envoyer（寄出）	enverr-
acheter（買）	achèter-
appeler（打電話）	appeller-

◆ 步驟 2：詞幹後面加上簡單未來式之詞尾。

（2）常見動詞範例：

◆ être（是）的簡單未來式動詞變化：

◆ 步驟 1：être（是）的簡單未來式不規則詞幹為 ser-。
◆ 步驟 2：詞幹後面加上簡單未來式之詞尾。

Je serai	Nous serons
Tu seras	Vous serez
Il / Elle sera	Ils / Elles seront

例句

- **Dans un an, tu seras là?** 一年後，你（妳）會在那裡嗎？
- **Tu seras encore étudiant dans trois ans?** 你三年後還會是學生（男性）嗎？

◆ avoir（有）的簡單未來式動詞變化：

◆ 步驟 1：avoir（有）的簡單未來式不規則詞幹為 aur-。
◆ 步驟 2：詞幹後面加上簡單未來式之詞尾。

J'aurai	Nous aurons
Tu auras	Vous aurez
Il / Elle aura	Ils / Elles auront

例句

- **Un jour, j'aurai une voiture.** 有一天我會有一輛車。
- **Un jour, il aura une petite amie.** 有一天他會有女朋友。

Piste 70

三 簡單未來式的用法

■ 表達將來會發生的事。

例句

- **Je passerai chez toi tout à l'heure.** 我等等會經過你（妳）家。
- **Il viendra demain.** 他明天來。

■ 對某一未來動作的預測。

例句

- **Avec ce portable, ce sera plus facile de contacter les amis.**
  有了這台手機，將會更容易跟朋友聯絡。

■ 詢求、要求、命令或建議受話者在未來時間裡去做某一件事情。

例句

- **Tu finiras tes devoirs chez toi.** 你（妳）回家把作業寫完。
- **Tu viendras dans mon bureau.** 你（妳）到我的辦公室來。

■ **打鐵趁熱：**請填入正確的簡單未來式動詞變化。

1. Il ________ (prendre) le bus. 他將會搭公車。
2. Tu ________ (voir) beaucoup de monuments.
   你（妳）將會看到很多的古蹟。
3. Nous ________ (arriver) à l'heure. 我們將會準時到達。
4. J' ________ (acheter) une tablette. 我將會買一台平板電腦。
5. Je ________ (maigrir) un jour. 有一天我將會變瘦。

解答
1. prendra 2. verras 3. arriverons 4. achèterai 5. maigrirai

27 PASSÉ COMPOSÉ
複合過去式

Piste 71

J'ai dîné avec mes parents.
我和我的父母吃晚餐。
Qu'est-ce que tu as fait hier soir?
妳昨天晚上在做什麼事？

在聚餐的時候，常常有人會問「你昨天做了什麼事？」、「你今年夏天去了哪裡？」等等問題。這些問題都在表達過去做了什麼動作，因此你也會用過去式回答這些問題。接下來，我們就來學習法語過去式的變化以及用法。

法語的過去式分為三種類型：

- 最常用的是「複合過去式」（Passé Composé）：用來表達「過去某時段裡所發生的（一連串的）動作」。
- 另外一種叫做「未完成過去式」（Imparfait）：用來表達「過去的習慣或一段時間的情境」。
- 最後一種叫做「過去完成式」（Plus-que-parfait）：用來表達「某個動作的發生是在過去，並且在另一個過去動作開始前，就已經完成了」。

在初級的法語文法，我們會先提到複合過去式（Passé Composé）和未完成過去式（Imparfait）這兩種形態，至於過去完成式（Plus-que-parfait），要等到進入中級文法才會學習。

這一章，我們先來學習「過去分詞」的變化以及「複合過去式」的結構與用法。

一 複合過去式概念圖

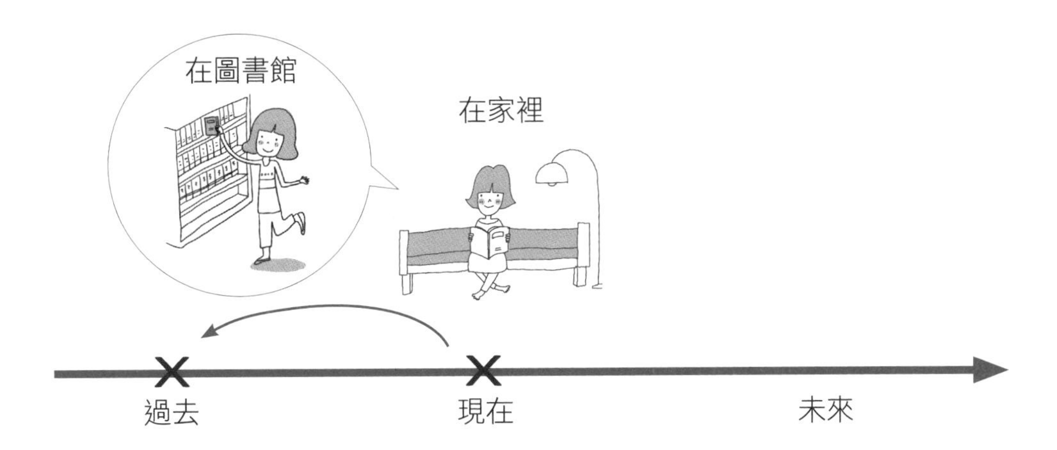

二 「過去分詞」（Participe Passé）的變化

複合過去式的結構為「助動詞 + 過去分詞」，因此過去分詞的變化十分重要。首先，我們來學習如何將原形動詞變成過去分詞。

■ 規則過去分詞的變化：

一般而言，大部分的「過去分詞」都是規則的變化，而變化方式是用「原形動詞」在詞尾做個簡單的變化。

規則過去分詞的詞尾	
原形動詞詞尾	過去分詞詞尾
-er	→ -é
-ir	→ -i（大部分變化是這樣，但還是有例外喔！）
-re	→ -u（大部分變化是這樣，但還是有例外喔！）
-oir	→ -u

範例：

原形動詞詞尾→過去分詞詞尾	原形動詞 → 過去分詞		
-er → -é	danser → dansé（跳舞）	parler → parlé（講話）	habiter → habité（住）
-ir → -i	finir → fini（完成）	choisir → choisi（選擇）	grossir → grossi（變胖）
-re → -u	attendre → attendu（等待）	répondre → répondu（回答）	entendre → entendu（聽到）
-oir → -u	voir → vu（看見）	falloir → fallu（必須）	vouloir → voulu（想要）

例句

- **Hier, j'ai vu Marc.** 昨天，我看見了馬克。
- **Il a répondu à tous les courriels.** 他回覆了所有的電子郵件。
- **Quel livre as-tu choisi?** 你（妳）選了哪本書？
- **Ils ont dansé jusqu'à l'aube.** 他們一直跳舞到黎明時分。

■ 不規則過去分詞的變化：

以下常見的動詞，它們的過去分詞都是不規則變化。

不規則過去分詞			
原形動詞 → 過去分詞	中文	原形動詞 → 過去分詞	中文
prendre → pris	搭、吃、買	offrir → offert	贈送
comprendre → compris	了解	écrire → écrit	寫
apprendre → appris	學習	décrire → décrit	描述
faire → fait	做	ouvrir → ouvert	打開
refaire → refait	重做	souffrir → souffert	忍受
défaire → défait	解開	découvrir → découvert	發現
mettre → mis	放置	avoir → eu	有
promettre → promis	答應	être → été	是
soumettre → soumis	使遭受	pouvoir → pu	能夠

例句

- **J'ai tout compris.** 我全都懂了。
- **Qu'est-ce que tu as fait ce week-end?** 你（妳）上週末做了什麼？
- **Je lui ai promis mon aide.** 我答應幫助他（她）了。
- **Je lui ai écrit une lettre de remerciement.**
  我寫了一封感謝函給他（她）。

大家有發現到共同的變化點嗎？我們接著來看如何使用「複合過去式」。

Piste 72

三 複合過去式的結構

複合過去式的結構：avoir / être 現在式變化 + 過去分詞

複合過去式顧名思義需要「複合」兩個動詞而成，其中助動詞 avoir 與 être 本身沒有任何意思，但是要選擇 avoir 還是 être 作為助動詞，這就需要針對動詞本身的特性和語意來決定。

■ 用 avoir 當作「助動詞」的複合過去式：

組成複合過去式時，大部分動詞的助動詞為「avoir」，複合過去式結構即為：「avoir 現在式變化 + 過去分詞（Participe Passé）」

先讓我們再複習一下，avoir 現在式的動詞變化吧！

avoir 現在式動詞變化	
J'ai	Nous avons
Tu as	Vous avez
Il / Elle a	Ils / Elles ont

例句

- **Hier, j'ai acheté un gâteau au chocolat pour l'anniversaire de mon ami.**
  昨天為了我朋友（男性）的生日，我買了一個巧克力蛋糕。
- **J'ai beaucoup mangé à la fête.** 我在派對上吃了很多東西。

大部分的動詞都是使用「avoir」當作助動詞，但有一部分則是用「être」當作助動詞。這類的動詞大多是「**位移動詞**」和「**反身動詞**」。

■ 用 être 當作「助動詞」的複合過去式：

「**位移動詞**」和「**反身動詞**」的助動詞為「être」，複合過去式結構即為：「être 現在式變化 + 過去分詞（Participe Passé）」

同樣的，先讓我們再複習一下，être 現在式的動詞變化吧！

être 現在式動詞變化	
Je suis	Nous sommes
Tu es	Vous êtes
Il / Elle est	Ils / Elles sont

注意：當以 être 作為助動詞時，「過去分詞」須與主詞做性（陰性、陽性）數（單數、複數）配合。

（1）位移動詞：

位移動詞		
原形動詞	過去分詞	中文
aller	allé	去
venir	venu	來
entrer	entré	進去
sortir	sorti	出來
arriver	arrivé	到達
partir	parti	離開
monter	monté	往上走
descendre	descendu	往下走

原形動詞	過去分詞	中文
naître	né	出生
mourir	mort	死亡
tomber	tombé	跌倒
passer	passé	經過
rester	resté	留下
devenir	devenu	變成
retourner	retourné	返回

例句

- **Je suis allé au concert hier soir.** 我（男性）昨天晚上去看了演唱會。
- **Il est arrivé en France hier.** 他昨天到法國了。

看看下面這一張圖或許更容易記在腦海中。

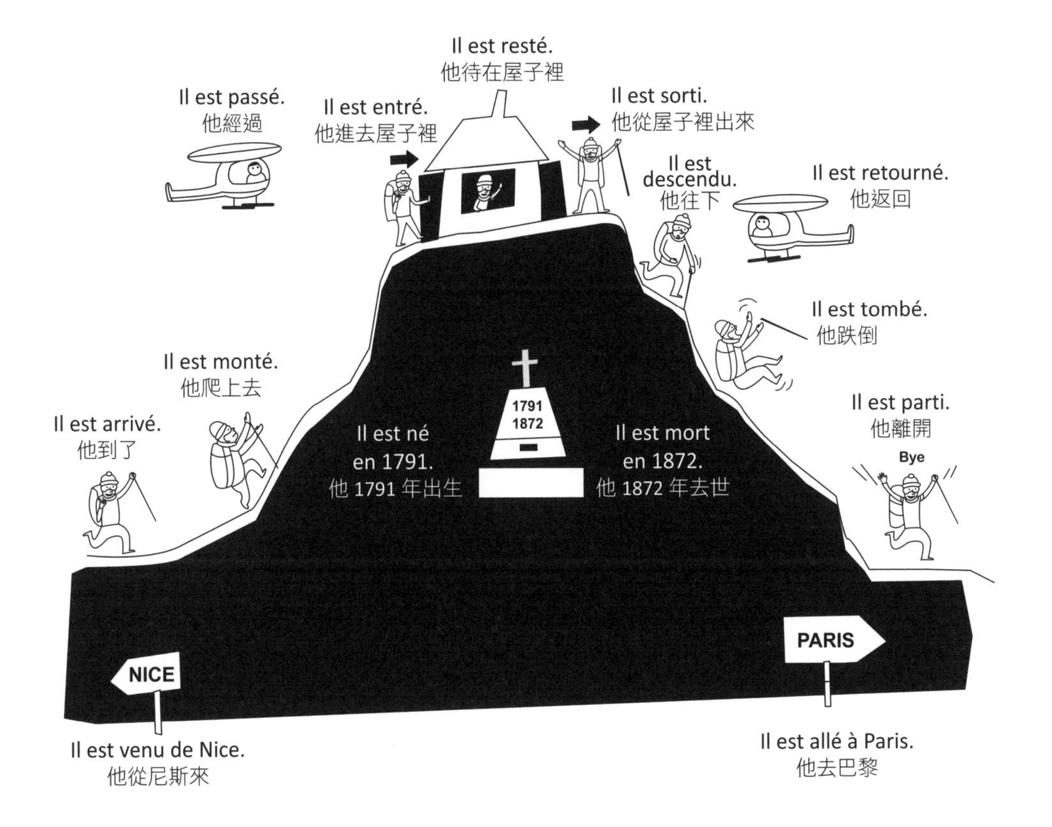
Il est resté.
他待在屋子裡
Il est passé.
他經過
Il est entré.
他進去屋子裡
Il est sorti.
他從屋子裡出來
Il est descendu.
他往下
Il est retourné.
他返回
Il est tombé.
他跌倒
Il est monté.
他爬上去
Il est arrivé.
他到了
1791
1872
Il est né en 1791.
他 1791 年出生
Il est mort en 1872.
他 1872 年去世
Il est parti.
他離開
Bye
PARIS
NICE
Il est venu de Nice.
他從尼斯來
Il est allé à Paris.
他去巴黎

注意：位移動詞 entrer、sortir、monter、descendre、passer、retourner……也可以當作「及物動詞」使用，動詞之後接「直接受詞」。如果是「及物動詞」時，就需要用「avoir」作為助動詞。

entrer（把某東西弄進來） sortir（把某東西弄出去） monter（把某東西弄上去） descendre（把某東西弄下去） passer（度過 / 傳遞） retourner（退回）	+ 直接受詞

我們來比較看看：

- **Je suis passé par Paris, et j'ai passé toute la journée à visiter le musée du Louvre.**
  我（男性）經過了巴黎，並花了整個白天逛羅浮宮。
- **Est-ce qu'il a monté ses bagages?** 他已經把行李提上樓了嗎？
- **Elle n'a pas descendu la poubelle.** 她沒把垃圾拿下樓。
- **Il a sorti un livre de son sac à dos.** 他從背包拿出了一本書。

（2）反身動詞：

◆ 常用反身動詞：

常用反身動詞			
反身動詞	中文	複合過去式反身動詞範例	中文
s'installer	定居	je me suis installé(e)	我定居
se préparer	準備	je me suis préparé(e)	我準備
se lever	起床	je me suis levé(e)	我起床
s'asseoir	坐下	je me suis assis(e)	我坐下
se souvenir de	記得	je me suis souvenu(e) de	我記得

◆ **假如反身動詞的代名詞（me、te、se、nous、vous、se）為「直接受詞」時，過去分詞須與主詞做「性數配合」。**

例句

- **Elle s'est couchée très tôt.** 她很早就睡了。

◆ **假如是否定形式時，「ne」要置於「反身動詞的代名詞前面」。**

例句

- **Elles ne se sont pas couchées très tard.** 她們沒有很晚睡覺。

◆ **反身動詞的代名詞為「間接受詞」時，過去分詞則「不須與主詞做性數配合」！這就攸關到我們之前所講的「動詞結構」了。每個動詞都有自身的動詞結構。**

例句

- **Ils se sont parlé.**（動詞結構：parler à quelqu'un 跟某人說話）
  他們聊過天了。
- **Ils se sont téléphoné.**（動詞結構：téléphoner à quelqu'un 打電話給某人）
  他們打過電話了。

■ 複合過去式否定用法：

否定詞「ne ... pas」要置於「助動詞前後」。

範例：

parler（說）			
肯定形式	中文	否定形式	中文
J'ai parlé	我講	Je n'ai pas parlé	我不講
Tu as parlé	你（妳）講	Tu n'as pas parlé	你（妳）不講
Il / Elle a parlé	他講 / 她講	Il / Elle n'a pas parlé	他不講 / 她不講
Nous avons parlé	我們講	Nous n'avons pas parlé	我們不講
Vous avez parlé	您講 / 您們講 / 你（妳）們講	Vous n'avez pas parlé	您不講 / 您們不講 / 你（妳）們不講
Ils / Elles ont parlé	他們講 / 她們講	Ils / Elles n'ont pas parlé	他們不講 / 她們不講

Piste 73

四 過去的時間表達

■ 過去的時間副詞一覽：

過去的時間副詞	
法語	中文
hier	昨天
hier matin	昨天早上
hier soir	昨天晚上
avant-hier	前天
la semaine dernière	上週
le mois dernier	上個月
le week-end dernier	上週末
lundi dernier	上週一
mardi dernier	上週二
mercredi dernier	上週三
jeudi dernier	上週四
vendredi dernier	上週五
samedi dernier	上週六
dimanche dernier	上週日
l'année dernière	去年
Il y a + 時間	多久以前

例句

- **Qu'est-ce que tu as fait mardi dernier?** 上週二你做了什麼？

- **Nous avons visité le musée du Louvre il y a trois jours.**
  三天前，我們參觀了羅浮宮。
- **Nous sommes sortis hier soir.** 我們昨晚出門去了。
- **Ils sont allés en France la semaine dernière.** 他們上週去了法國。

Piste 74

五 複合過去式的用法

■ 表達過去一連串所發生的事。

例句

- **Hier matin, je me suis levé, je me suis brossé les dents, j'ai pris mon petit déjeuner, et je suis allé à l'école.**
  昨天早上，我（男性）起了床，刷了牙，吃了早餐，然後就去上學。

■ 表達在某一限定的期間、時刻或日期內的動作。

例句

- **La semaine dernière, nous avons acheté un appartement à Paris.**
  上週，我們在巴黎買了一棟公寓。
- **En 2015, j'ai visité la France.** 在 2015 年，我去法國拜訪過了。
- **Ce matin, j'ai parlé avec Marc pendant une heure.**
  今天早上，我跟馬克講話講了一個小時。

■ **打鐵趁熱**：請填入適當的複合過去式動詞變化。

1. J' ________ (déjà voir) ce film. 我已經看過了這部影片。

2. Vous ________ trop ________ (dépenser). 您花太多錢了。

3. Tu ________ (se laver) les mains? 你（妳）洗手了沒？

4. Elle ________ (aller) chercher Romain à la gare. 她去火車站找羅曼了。

5. La semaine dernière, je ________ (monter) à Paris. 上週，我去了巴黎。

解答 1. ai déjà vu 2. avez / dépensé 3. t'es lavé(e) 4. est allée 5. suis monté(e)

28 IMPARFAIT
未完成過去式

Piste 75

Quand tu m'as téléphoné, je prenais une douche.
當你打給我的時候，我正在洗澡。
Pourquoi tu n'as pas répondu à mon coup de téléphone hier soir?
為什麼昨晚妳沒回我電話？

在這一章，我們要探討「未完成過去式」，這也是過去式當中很重要的一個文法。不過「未完成過去式」並不是「只完成一半的過去式」的意思，當然也不是「有一半已經過去，另一半還沒完成」的意思。那到底什麼是「未完成過去式」呢？探討完這一章的主題，大家就能明瞭囉！

一 未完成過去式概念圖

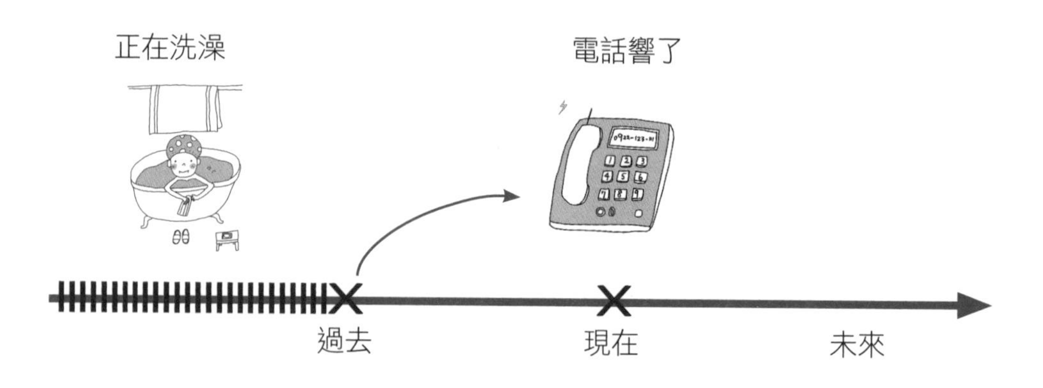

二　未完成過去式動詞變化

■ 未完成過去式動詞變化步驟：

- 步驟 1：將第一人稱複數（nous）「現在式」動詞變化最後的「ons」去掉，保留詞幹。
- 步驟 2：在詞幹後面加上「未完成過去式」動詞變化的詞尾。

未完成過去式動詞變化的詞尾			
我	Je ... ais	我們	Nous ... ions
你（妳）	Tu ... ais	您 / 您們 / 你（妳）們	Vous ... iez
他 / 她	Il / Elle ... ait	他們 / 她們	Ils / Elles ... aient

■ 常見動詞範例：

（1）chanter（唱歌）的未完成過去式動詞變化：

- 步驟 1：將第一人稱複數（nous）「現在式」動詞變化最後的「ons」去掉，保留詞幹。

Nous 的現在式動詞變化		詞幹
Nous chantons（我們唱歌）	→ 去掉 ons	chant-

- 步驟 2：在詞幹後面加上「未完成過去式」動詞變化的詞尾。

Je chantais	Nous chantions
Tu chantais	Vous chantiez
Il / Elle chantait	Ils / Elles chantaient

例句

- **A: Qu'est-ce qu tu faisais quand il est arrivé?**
  當他到達的時候，你（妳）在做什麼？
  B: Je chantais. 我正在唱歌。

（2）détester（討厭）的未完成過去式動詞變化：

- 步驟 1：將第一人稱複數（nous）「現在式」動詞變化最後的「ons」去掉，保留詞幹。

Nous 的現在式動詞變化		詞幹
Nous détestons（我們討厭）	→ 去掉 ons	détest-

- 步驟 2：在詞幹後面加上「未完成過去式」動詞變化的詞尾。

Je détestais	Nous détestions
Tu détestais	Vous détestiez
Il / Elle détestait	Ils / Elles détestaient

例句

- **Avant, je détestais les légumes. Maintenant, je les aime beaucoup.**
  以前，我很討厭吃青菜。現在，我非常喜歡。

■ 唯一的例外！ être（是）的未完成過去式動詞變化：

être（是）的未完成過去式的詞幹為「ét-」，其未完成過去式詞尾與其他動詞相同。

être（是）的未完成過去式動詞變化	
J'étais	Nous étions
Tu étais	Vous étiez
Il / Elle était	Ils / Elles étaient

例句

- **Quand j'étais petit, il n'y avait pas d'ordinateur.**

  當我（男性）小的時候，沒有電腦的存在。

- **Il faisait beaucoup de sport quand il était jeune.**

  他年輕的時候做很多運動。

Piste 76

三 未完成過去式的用法

■ 表達過去持續的狀態，像是習慣……等等。

例句

- **J'allais chaque année en vacances à Paris.**

  我過去每年都會去巴黎度假。

  → 過去持續的習慣且我們不知道從何時開始，沒確切的時間。

- **Il jouait toujours au football avec ses amis.**

  他過去常常和他的朋友踢足球。

  → 我們並不知道確切從什麼時候開始，且持續了一段時間。

- **Quand Marc est rentré, je préparais le dîner.**

  當馬克回來的時候，我正在準備晚餐。

  → 表達當時正在做一件事，這個動作已經持續了一段時間。

注意：未完成過去式常會搭配以下的副詞：tous les ans（每年）、tous les mardis（每週二）、en général（一般而言）、d'habitude（通常）、normalement（正常來說）、chaque année（每年度）……等等。

■ 用於描述。

例句

- **Il pleuvait, il y avait du monde dans la rue, les gens se dépêchaient d'aller au bureau.**

  下著雨，有一些人在街上，他們正趕回辦公室。

  → 何時開始下雨？何時人們開始趕緊回辦公室？我們都不知道時間點。

■ 關於狀態的動詞也會用未完成過去式。

關於狀態的常見動詞：penser（認為）、croire（相信）、être（是）、espérer（希望）……等等。

例句

- **Je pensais qu'il était malade.** 我過去一直認為他生病。

■ **打鐵趁熱：**請根據範例，填入否定未完成過去式的句子。

Avant, ____ je n’avais pas de scooter ____. Maintenant, j’ai un scooter.

以前我沒有機車，但現在我有一台機車。

1. Avant, ________________. Maintenant, je parle un petit peu le français.

   以前我不會說法語，但現在我會說一點點法語。

2. Avant, ________________. Maintenant, c’est facile.

   以前這不是容易的，但現在很容易了。

3. Avant, ________________. Maintenant, elle a une belle voiture.

   以前她沒有一輛漂亮的車，但現在她有了一輛漂亮的車。

4. Avant, ________________. Maintenant, j’aime jouer au tennis.

   以前我不喜歡打網球，但現在我喜歡打網球。

5. Avant, ________________. Maintenant, ils font du sport.

   以前他們不做運動，但現在他們做運動。

解答
1. je ne parlais pas le français
2. ce n’était pas facile
3. elle n’avait pas de belle voiture
4. je n’aimais pas jouer au tennis
5. ils ne faisaient pas de sport

29 FORME IMPERSONNELLE
非人稱形式

Piste 77

On va faire une randonnée.
我們去爬山吧。

Il fait beau, aujourd'hui. Qu'est-ce qu'on va faire?
今天天氣很晴朗。我們要做什麼呢？

今天又是美好的一天，望著太陽剛灑下的溫暖陽光，就知道今天的天氣又很好了。對！我們這一章的主題就是「非人稱的表達」，由這個字就可以看出這一章要講的主題不是以「人」為主。那還會講什麼呢？那就一起跟著本章來探索吧！

首先我們要講一個概念，「非人稱」也就是把無意義的「il」當作一個「主詞」。其實有點像是英語當中的 it is（它是）的形式。例如當我們要講「天氣怎樣」的時候，該如何表達呢？就舉幾個常用的句子來看看吧！

一 天氣的表達

想要表達「今天天氣真晴朗」，或是「今天天氣真是壞透了」這些和天氣有關的句子，就要用「Il fait」這個形式。當然，也還有其他形式的表達方式。

■ **Il fait + 可以形容天氣的形容詞：**

Il fait beau aujourd'hui. 今天天氣很好。

Il fait mauvais. 天氣不好。

Il fait chaud. 天氣很熱。

Il fait froid. 天氣很冷。

Il fait doux. 天氣很舒適。

■ **Il + 與天氣現象有關的動詞：**

Il pleut. 在下雨。（原形動詞：pleuvoir 下雨）

Il neige. 在下雪。（原形動詞：neiger 下雪）

■ **Il y a + du / de la + 與天氣現象有關的名詞：**

Il y a du soleil. 有陽光。

Il y a du vent. 有風。

Il y a de la pluie. 有雨。

Piste 78

二 時間的表達

■ **常見時間表達：**

Quelle heure est-il? / Il est quelle heure? / Vous avez l'heure? 現在是幾點？

Il est une heure. 一點

Il est deux heures. 兩點

Il est neuf heures dix. 九點十分

Il est neuf heures et quart. 九點十五分

Il est neuf heures et demie. 九點半

Il est dix heures moins le quart. 九點四十五分

Il est midi. 中午

Il est minuit. 午夜

Il est tôt. 時間很早。

Il est tard. 時間很晚。

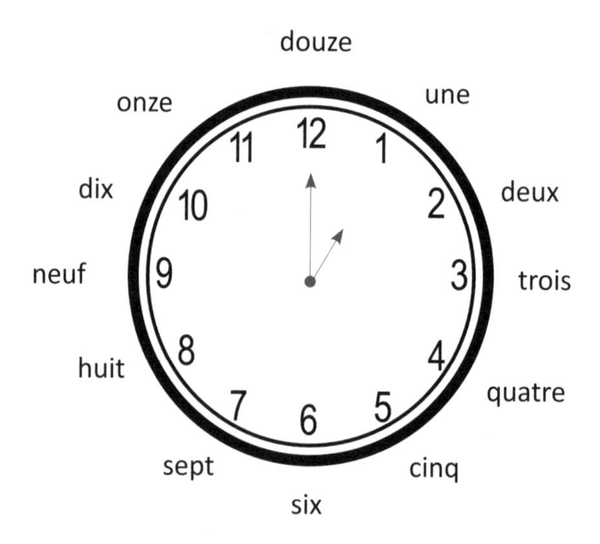

■ heure（小時）的用法：

「heure」等同英語的「hour」，中文是「小時」，但在這裡是用來表達時刻、時間點。使用「heure」時，下面有幾個要特別注意的用法！

（1）只有在「一點」的時候，heure 才會是「單數」。除此之外，其他全都是複數 heures。

例如

- une heure 一點
- deux heures 兩點
- trois heures 三點

（2）quart 是「四分之一」，也就是「十五分」。當使用加十五分（et quart）的方式表達時間時，不需要加上定冠詞「le」；但如果是使用減十五分（moins le quart），則 quart 前要加上定冠詞「le」。

例如

- dix heures et quart 十點十五分
- neuf heures moins le quart 八點四十五分

（3）heure 的 h 是啞音，也就是「不發音」的意思。heure 可能會和前面接續的單字產生連誦或滑音。

例如：

une‿heure	一點	sept‿heures	七點
deux‿heures	二點	huit‿heures	八點
trois‿heures	三點	neuf‿heures	九點
quatre‿heures	四點	dix‿heures	十點
cinq‿heures	五點	onze‿heures	十一點
six‿heures	六點	douze‿heures	十二點

Piste 79

三 其他非人稱的表達

我們最常用的另一個非人稱表達，就是「必須」的意思，其形式為「Il faut + 名詞 / 原形動詞……」。

例句

- **Il faut du courage.** 必須要有一些勇氣。
- **Il faut de la chance.** 必須要靠一些運氣。
- **Il faut réviser après les cours.** 課後，必須要複習。

基本上非人稱形式對於法語初學者來說，會上面的幾種句型就已經足夠了！

■ **打鐵趁熱：**請將下列中文翻譯成法語。

1. 必須要有一些勇氣。

____

2. 天氣不好。

____

3. 外面在下雪。

____

4. 有風。

____

5. 時間很晚。

____

解答
1. Il faut du courage.　2. Il fait mauvais.　3. Il neige.
4. Il y a du vent.　5. Il est tard.

30 INDÉFINIS
泛指詞

Piste 80

這一章學「泛指詞」，聽起來似乎是很難理解的一章，但只要用英語的方式思考，就會發現其實非常簡單喔！泛指詞大概就像英語的 All（所有的人或事）、Nothing（沒有什麼）、Something（有些事）、Certain（特定的人或事）……等等的字，不過在用法上，法語會複雜一些。只要學過形容詞或代名詞的用法，就不怕學不會，因為概念非常相似。

我們就直接進入這一章的主題吧！

一 Tout（所有的事）當代名詞用

Tout（所有的事）是「中性單數」的代名詞，也是一個不需要變化的字，指「不確定的事物的總體」。

例句

- **Tu sais tout, toi!** 你（妳）什麼都知道！
- **Il comprend tout!** 他什麼都懂！
- **Pas de problème! Tout va bien!** 沒有問題！所有的事都進行得很順利！
- **Tout est prêt!** 所有的事都準備好了！

Piste 81

二 Rien（沒有什麼事）

Rien（沒有什麼事）是 quelque chose（某東西）和 tout（所有的事）的否定，為「單數代名詞」，必須與「ne」連用。也能夠和 ne ... plus（不再）、ne ... encore（還沒）、ne ... jamais（未曾）連用。

例句

- **Tu ne sais rien, toi!** 你（妳）什麼都不知道！
- **Il ne comprend rien!** 他什麼都不懂！
- **Rien ne va.** 什麼事都進行得很不順利。
- **Rien n'est prêt!** 沒有什麼東西是準備好的！

Piste 82

三 Quelque chose（某東西）

quelque chose（某東西）的反義為「rien」（沒有什麼東西），為「單數代名詞」，指的是一個不確定的物或一種不確定的概念。

quelque chose 或 rien 如果要接上形容詞就必須先接上 de。以下為此表達形式。

■ quelque chose 表達形式：quelque chose + de + 陽性單數形容詞

■ rien 表達形式：rien + de + 陽性單數形容詞

例句

- **Je cherche quelque chose de joli.** 我在尋找某個漂亮的東西。
- **Je ne trouve rien de beau.** 我什麼好看的東西都沒找到。

Piste 83

四 Tout（所有的）當形容詞用

■ 表達形式：

（1）tout + 定冠詞 + 名詞

tout	定冠詞	名詞
tout	le	+ 陽性單數名詞
toute	la	+ 陰性單數名詞
tous	les	+ 陽性複數名詞
toutes	les	+ 陰性複數名詞

（2）tout + 限定詞 + 名詞

此處的限定詞為「定冠詞」（le、la、les）、「所有格形容詞」（mon、ma、mes、ton、ta、tes、son、sa、ses、notre、nos、votre、vos、leur、leurs）以及「指示形容詞」（ce、cette、ces、cet）。

tout	限定詞	名詞
tout	+ 限定詞	+ 陽性單數名詞
toute		+ 陰性單數名詞
tous		+ 陽性複數名詞
toutes		+ 陰性複數名詞

tout（所有的）當形容詞用時，須跟後面所修飾的名詞做「性數配合」。

例如

- **tout le monde** 所有的人
- **toute la nuit** 整夜

- tous mes amis 我所有的朋友
- toutes tes copines 你（妳）所有的女性朋友

■ tout（所有的）作為形容詞的用法：

（1）表達整體的概念。

例句

- Le vent a soufflé toute la nuit. 風颳了整夜。
- Tout le monde comprend. 所有的人都懂。
- Tous les voisins sont en vacances. 所有的鄰居都去度假了。
- Toutes les maisons sont blanches. 所有的房子都是白色的。

（2）表達習慣性或週期性。

例句

- Je bois un bol de chocolat tous les matins. (= chaque matin)
  我每天早上都喝一大碗的巧克力。
- Il faut prendre ce médicament toutes les trois heures.
  必須要每三個小時吃藥。

Piste 84

五 Quelques（幾個的）

■ 表達形式：quelques + 複數可數名詞

quelques（幾個的）用來修飾數量有限且不確定是人或物的複數名詞。

例句

- **J'ai quelques amis ici.** 我在這裡有幾個朋友。
- **Je vais acheter quelques livres.** 我要去買幾本書。

Piste 85

六 Certains / Certaines（某些特定的）

certains / certaines（某些特定的）可以是「形容詞」或「代名詞」，指的是某人或物當中，特定的某人或物。

■ 形容詞用法：

表達形式：certains / certaines + 複數名詞

certains 修飾陽性複數名詞，certaines 修飾陰性複數名詞。

例句

- **Dans certaines villes, il y a une salle de concert.**
  在某些特定的城市會有音樂廳。

■ 代名詞用法：

例句

- **Certains font du sport, d'autres font de la musique.**
  某些人在做運動，而其他人在玩音樂。

Piste 86

七 Plusieurs（好幾個的）

plusieurs（好幾個的）可以是「形容詞」或「代名詞」，指的是一個大於二的較大數目。

■ 形容詞用法：

表達形式：plusieurs + 複數名詞

例句

- **J'ai acheté plusieurs livres.** 我買了好幾本書。
- **Ils sont déjà venus plusieurs fois.** 他們已經來過好幾次。

■ 代名詞用法：

例句

- **Il avait pris beaucoup de photos mais, malheureusement, plusieurs sont ratées.**

  他拍了很多照片，但很不幸地，好幾張都是失敗的。

Piste 87

八 Quelqu'un（某個人）

quelqu'un（某個人）是「單數代名詞」，指的是一個不確定的人。

例句

- **Je connais quelqu'un qui habite en France.** 我認識某個住在法國的人。
- **Mon amie parle avec quelqu'un que je ne connais pas.**
  我的朋友（女性）在和我不認識的人講話。
- **Quelqu'un va venir!** 有人將會來！

Piste 88

九 Personne（沒有人）

personne（沒有人）是 quelqu'un（某個人）、on（有人）和 tout le monde（所有的人）的否定。為「單數代名詞」，必須與「ne」連用。也能夠和 ne ... plus（不再）、ne ... encore（還沒）、ne ... jamais（未曾）連用。

例句

- **Personne ne parle le chinois.** 沒有人會說中文。
- **Personne ne m'aime.** 沒有人喜歡我。
- **Je ne connais personne.** 我誰也不認識。

Piste 89

十 Quelque part（某個地方）

quelque part（某個地方）是表達定位的「副詞短語」。

例句

- **A: Où est le restaurant?** 餐廳在哪裡？

  B: Quelque part dans le centre-ville! 在市中心的某個地方！

Piste 90

十一 Chaque（每個的）

chaque（每個的）當「形容詞」用，後面接上「單數名詞」，用來強調個體性。

例句

- **Chaque jour, je bois de l'eau.** 我每天都喝水。
- **Chaque élève a un dictionnaire.** 每個學生都有一本字典。

■ 打鐵趁熱：請將下列中文翻譯成法語。

1. 沒有人喜歡我。

2. 我什麼都不知道。

3. 所有的事都準備好了！

4. 我買了好幾本書。

5. 所有的人都懂。

解答

1. Personne ne m'aime.　2. Je ne sais rien.　3. Tout est prêt!
4. J'ai acheté plusieurs livres.　5. Tout le monde comprend.

31 PRONOMS RELATIFS
關係代名詞

Piste 91

Tu connais le garçon dont ils parlent?
妳認識他們正在談論的男孩嗎？
Non, je ne le connais pas.
我不認識。

所謂的「關係代名詞」是用來代替先前出現的先行詞，身兼代名詞與連接詞兩種角色，它能夠把兩個句子連接成一個句子，就如同英語的關係代名詞。

一　關係代名詞 qui

「qui」相當於英語關係代名詞中的「who」或「that」，它在子句中，可以代替一個「名詞」或是「代名詞」，而所替代的可以是人，也可以是物。另外，「qui」也可以是子句的「主詞」或「受詞關係代名詞」。

試著觀察下列的句子吧！

■ **觀察看看：**

Ce garçon, c'est mon cousin. 這位男孩是我的堂兄弟。

Ce garçon est en train de manger. 這位男孩正在吃東西。

→ **Ce garçon qui est en train de manger, c'est mon cousin.**

正在吃東西的這位男孩是我的堂兄弟。

La table est cassée. 這張桌子壞了。

Cette table est derrière elle. 這張桌子在她身後。

→ **La table qui est derrière elle est cassée.** 她身後的桌子壞了。

Je déteste certains quartiers. 我討厭特定某些街區。

Ces quartiers ne sont pas calmes. 這些街區非常不安靜。

→ **Je déteste certains quartiers qui ne sont pas calmes.**

我討厭不安靜的街區。

有時候，我們發現 qui 前面可以接上介系詞。

Ce garçon a 5 ans. 這位男孩五歲。

Nous parlons à ce garçon. 我們正和這位男孩說話。

→ **Ce garçon, à qui nous parlons, a 5 ans.** 正和我們說話的男孩才五歲。

C'est une fille. 這是一位女孩。

Je suis allée au cinéma avec cette fille. 我（女性）跟這位女孩去看了電影。

→ **C'est la fille avec qui je suis allée au cinéma.**

這就是和我一起看電影的女孩。

Cet homme n'est pas son mari. 這位男人不是她的丈夫。

Alice achète une cravate pour cet homme. 愛麗絲買一條領帶給這位男人。

→ **Cet homme pour qui Alice achète une cravate n'est pas son mari.**

愛麗絲買領帶要送的人不是她的丈夫。

Piste 92

二 關係代名詞 que

「que」相當於英語的「which」，在子句中可以代替一個「名詞」或是「代名詞」，而所替代的名詞可以是人，也可以是物。在以母音或啞音 h 開頭的單詞前，則須改成「qu'」。另外，「que」在子句中，只能當「直接受詞關係代名詞」，因此在使用上就必須考量句子中的動詞結構。

試著觀察下列的句子吧！

■ **觀察看看：**

Voici un livre. 這是一本書。

Nous avons acheté ce livre hier. 我們昨天買了這本書。

→ **Voici le livre que nous avons acheté hier.**

（動詞結構：acheter quelque chose 買某個東西）

我們昨天買的這本書就在這裡。

C'est un appartement. 這是一棟公寓。

Ils ont choisi cet appartement. 他們選擇了這間公寓。

→ **C'est l'appartement qu'ils ont choisi.**

（動詞結構：choisir quelque chose 選擇某個東西）

這是他們所選的公寓。

Ce livre est très intéressant. 這本書很有趣。

Nous lisons ce livre. 我們讀這本書。

→ **Ce livre, que nous lisons, est très intéressant.**

（動詞結構：lire quelque chose 閱讀某個東西）

我們讀的這本書很有趣。

Le directeur est un homme élégant. 這位經理是一位高雅的男士。

Nous respectons beaucoup ce directeur. 我們非常尊敬這位經理。

→ **Le directeur, que nous respectons beaucoup, est un homme élégant.**

（動詞結構：respecter quelqu'un 尊敬某個人）

這位我們非常尊敬的經理是一位高雅的男士。

Piste 93

三 關係代名詞 où

「où」如同英語的「where」或「when」。它在子句中，可以用來代替「地方」，此時相當於英語的「where」；或是用來代替「時間」，此時如同英語的「when」。

我們再來觀察一下！

■ 代替地方：

C'est une maison. 這是一棟房子。

Mon père est né dans cette maison. 我的爸爸在這棟房子裡出生。

→ **C'est la maison où mon père est né.**

這是我爸爸出生時的那棟房子。

Voici une ville. 這是一座城市。

Ils ont acheté un appartement dans cette ville.

他們在這座城市買了一棟公寓。

→ **Voici la ville où ils ont acheté un appartement.**

這是他們買公寓的那座城市。

■ 代替時間：

2015, c'est une année. 這是 2015 年。

J'ai commencé à travailler cette année-là. 我在這年開始工作了。

→ **2015, c'est l'année où j'ai commencé à travailler.**

2015 年是我開始工作的那一年。

Je n'oublierai pas ce jour-là. 我將不會忘記那一天。

Il m'a quitté ce jour-là. 他在那天離開了我。

→ **Je n'oublierai pas le jour où il m'a quitté.**

我將不會忘記他離開我的那一天。

Piste 94

四 關係代名詞 dont

「dont」在關係子句裡扮演怎樣的角色呢？直白地說，就是用來代替「de + 名詞」，講了那麼多的術語，我們直接來看看範例就能明白了。

■ 名詞用法：de + 名詞

C'est un film. 這是一部影片。

La fin de ce film est très triste. 這部影片的結局是非常悲傷的。

→ **C'est un film dont la fin est très triste.**

這是結局很悲傷的一部影片。

■ 動詞用法：動詞 + de + 名詞

C'est une personne. 這是一個人。

On parle de cette personne. 我們談論這個人。

（動詞結構：parler de quelqu'un 談論到某人）

→ **C'est une personne dont on parle.**

這是我們在談論的人。

■ **形容詞用法：形容詞 + de + 名詞**

C'est un ordinateur. 這是一台電腦。

Je suis satisfait de cet ordinateur. 我（男性）對這台電腦很滿意。

（形容詞結構：être satisfait de quelque chose 對某東西很滿意）

→ **C'est un ordinateur dont je suis satisfait.**

這是我（男性）很滿意的一台電腦。

■ **打鐵趁熱：**請填入適當的關係代名詞。

1. C'est une fille ________ on parle.

   這是我們在談論的女孩。

2. C'est là, ________ je vais cet été.

   那裡是我今年夏天要去的地方。

3. Le garçon, ________ nous parlons, a 5 ans.

   正和我們説話的男孩才五歲。

4. Le livre, ________ nous lisons, est très intéressant.

   我們讀的這本書很有趣。

5. Je n'oublierai pas le jour ________ il m'a quitté.

   我將不會忘記他離開我的那一天。

解答 1. dont 2. où 3. à qui 4. que 5. où

L'habit ne fait pas le moine.
不能只看外表穿著。（不可以貌取人）

32 VOIX PASSIVE 被動語態

Piste 95

Demain matin!
明天早上！

Quand l'extérieur de la maison sera-t-il repeint?
什麼時候房子外部才會被粉刷？

當我們使用「被動語態」時，「受詞」會被放在句首，並成為這個句子中「被強調」的部分。因此如果想要特別強調受詞時，就可以使用被動語態！

一 「主動語態」與「被動語態」的比較

「主動語態」與「被動語態的」比較			
	主詞	動詞	受詞
主動語態	Monsieur Wang	a cassé	ce vase.
被動語態	Ce vase	a été cassé	par Monsieur Wang.
強調「王先生」	Monsieur Wang a cassé ce vase. 王先生打破了這個花瓶。		
強調「這個花瓶」	Ce vase a été cassé par Monsieur Wang. 這個花瓶被王先生打破了。		

Piste 96

二 「主動語態」轉「被動語態」的變化方式

- **步驟 1：將「直接及物受詞」置於「句首」，作為被動語態動詞的「主詞」。**
- **步驟 2：將「原先的主詞」置於被動語態的「受詞」位置，並在前面加上「par」。**
- **步驟 3：將動詞由主動語態的形式，改為「被動語態」的形式「être + 過去分詞」。**

注意 1：「過去分詞」須與主詞做「性」（陰性、陽性）、「數」（單數、複數）配合。
注意 2：只有**「直接及物動詞」才有被動語態**喔！

範例：

時態	主動語態	被動語態
現在式	Des amis invitent Marc et Julia. 朋友們邀請馬克和茱莉亞。	Marc et Julia sont invités par des amis. 馬克和茱莉亞被朋友們邀請。
近未來式	Jacques va acheter les fruits. 傑克要去買水果。	Les fruits vont être achetés par Jacques. 水果將被傑克買。
簡單未來式	Le ministre inaugurera le nouveau musée. 部長將為新的博物館舉行開幕典禮。	Le nouveau musée sera inauguré par le ministre. 新的博物館將被部長舉行開幕典禮。
複合過去式	Romain a pris cette photo. 羅曼拍攝了這張照片。	Cette photo a été prise par Romain. 這張照片被羅曼拍攝。

注意：我們不說「Cette photo a été prise par moi.」，只能說「J'ai pris cette photo.」，是因為要避免在「par」之後使用「重讀音代名詞」。

Piste 97

三 被動語態的用法

■ **強調作用：把句子的重心由原先的「主詞」，轉移到原先的「受詞」上。**

例句

- **Mon oncle a pris cette photo.**

  → 強調 mon oncle（我的叔叔）。我的叔叔拍了這張照片。

- **Cette photo a été prise par mon oncle.**

  → 強調 cette photo（這張照片）。這張照片被我的叔叔拍了。

■ **假如施予動作的人不能夠被辨識時，此時我們可以把「par」去掉。**

例句

- **On a repeint la maison.** 人們重新粉刷過了這間房子。

  → **La maison a été repeinte.** 這間房子被重新粉刷過了。

■ **被動語態常常被使用在以下三種情況：**

（1）歷史事件：

例句

- **Henri IV a été assassiné en 1610.** 亨利四世在 1610 年被刺殺。

（2）推定日期以及年代：

例句

- **L'église a été construite au XIIIe siècle.** 這間教堂在十三世紀被建立。

（3）創造：

例句

- **Le cinéma a été inventé par les frères Lumière.** 電影被盧米埃兄弟創造。

■ **打鐵趁熱**：請把主動語態改成被動語態。

1. Beaucoup de jeunes aiment ce film. 很多的年輕人喜歡這部影片。

____

2. On a annulé cette réunion. 人們取消了這個聚會。

____

3. Monsieur Wang visitera le Louvre. 王先生將去參觀羅浮宮。

____

4. Romain va repeindre la maison. 羅曼要重新粉刷這間房子。

____

5. Tout le monde connaît ce chanteur. 所有的人都認識這位男歌手。

____

解答

1. Ce film est aimé par beaucoup de jeunes.
2. Cette réunion a été annulée.
3. Le Louvre sera visité par Monsieur Wang.
4. La maison va être repeinte par Romain.
5. Ce chanteur est connu par tout le monde.

33 PRÉPOSITIONS DE TEMPS
時間介系詞

Piste 98

Il pleut depuis deux jours. C'est chiant!
這兩天以來一直在下雨。真令人厭煩！
C'est vrai!
真的！

這一章要談的是表達時間的常用介系詞。當然，可以表達時間概念的介系詞有很多，但初學者比較會用到的是以下幾種用法。

■ depuis（自從）的用法：

depuis + 時間 → 用於「現在式」中表達「自從某段時間」開始持續到現在的動作或狀態。

例句

- **A: Vous habitez à Paris depuis quand?** 您從何時住在巴黎？
  B: J'habite à Paris depuis l'an dernier. 我從去年就住在巴黎了。
- **A: Ils sont séparés depuis combien de temps?** 他們分開多久了？
  B: Ils sont séparés depuis dix ans. 他們已經分開十年了。
- **Il pleut depuis deux jours.** 兩天以來一直在下雨。

■ pendant（在……期間）的用法：

(pendant) + 確切時間 / 名詞 → 用於「過去式」中表達「在某段時間內」的動作或狀態。

例句

- **A: Ils ont habité en France (pendant) combien de temps?**
  他們在法國住了多久？
  B: Ils ont habité en France (pendant) cinq ans.
  他們在法國住了五年。

- **Ils restaient à Paris (pendant) une semaine.**
  他們一星期都待在巴黎。
- **Qu'est-ce que tu as fait pendant tes vacances?**
  假期期間，你（妳）做了什麼？

注意：如果是要表達確切時間時，pendant 可有可無。

■ il y a（有多少時間）的用法：

il y a + 時間 → 用於「過去式」中表達「距離」某個動作或狀態發生後「有多少時間了」。

例句

- **Il est parti il y a une heure.** 一小時前他才離開。
- **Ils sont arrivés il y a trois jours.** 他們三天前到達。
- **J'ai rencontré mon professeur de français dans la rue il y a deux jours.**
  兩天前，我在街上遇到了我的法語老師。

■ dans（在多少時間後）的用法：

dans + 時間 → 用於「現在式」和「未來式」中表達「在多少時間後」會發生的動作或狀態。

例句

- **Je reviens dans une minute.** 我在一分鐘後回來。
- **Nous serons à Taïwan dans un an.** 我們一年後會在台灣。
- **Dépêche-toi de t'asseoir! Le film va commencer dans 5 minutes.**
  你（妳）快坐下來！電影五分鐘後要開始放映了。

■ pour（為了）的用法：

pour + 時間 → 用於「現在式」和「未來式」中表達「某段時間內」持續的動作或狀態。

例句

- **J'ai un traitement médical pour trois jours.** 我有三天的治療。
- **Il part en vacances pour un mois.** 他離開一個月去度假。
- **Le château est fermé pour deux ans en raison de travaux de restauration.**
  由於維護工程作業，這座城堡將被關閉兩年。

■ en（花多少時間）的用法：

en + 時間 → 用於「現在式」、「過去式」和「未來式」中表達需要「花多少時間」來完成一個動作或狀態。

例句

- **J'ai fait cet exercice en dix minutes.** 我花了十分鐘寫完這個習題。
- **Il fait la vaisselle en cinq minutes.** 他花五分鐘洗碗。

- **On peut obtenir une carte d'étudiant en une semaine.**
  我們需要一週才能領取學生證。

■ avant（在……之前）和 après（在……之後）的用法：

avant / après + 時間 / 名詞

例句

- **Je dois rentrer avant 10 heures du soir.** 我必須在晚上十點以前回家。
- **Les enfants rentrent à la maison après les cours.** 孩子們在放學後回家。
- **J'ai acheté des cadeaux pour mes parents avant mon retour dans mon pays.**
  我在回國前買了一些禮物給我的父母。

■ 打鐵趁熱：請填入適當表達時間的介系詞。

1. Ils ont travaillé ensemble ________ dix ans.
   他們已經一起工作了十年。
2. Il habite dans le quartier ________ un an.
   他一年前就一直住在這一區。
3. Le film va commencer ________ une minute.
   這部影片在一分鐘後將開始放映。
4. J'ai commencé ce métier ________ 34 ans.
   三十四年前我就開始做這份工作。
5. Je vais finir mes devoirs ________ 30 minutes.
   我將用三十分鐘的時間完成我的作業。

解答 1. pendant 2. depuis 3. dans 4. il y a 5. en

34 PRÉPOSITIONS DE LIEU
地方介系詞

Piste 99

Tu habites où?
你住在哪？
J'habite à Taipei, à Taïwan.
我住在台灣的台北。

大家應該很快就能學會「地方介系詞」這一章，因為很多文法其實前面幾章都提過、也說明得很詳細了。以下，就為大家統整一些最常用到的「地方介系詞」。

■ en + 陰性國家（大陸）專有名詞 → 表達「在某個國家」。

例句

- **Elle habite en Suisse.** 她住在瑞士。
- **Il travaille en France.** 他在法國工作。
- **Nous allons en Corée.** 我們去韓國。
- **Vous allez en Asie.** 你們去亞洲。

還記得嗎？我們在前面的「第三類不規則動詞的現在式變化」有提到如何分辨國家專有名詞的陰、陽性。一般而言，國家專有名詞為「e」結尾時，幾乎都是陰性國家，但墨西哥（le Mexique）等幾個國家例外。

■ au + 陽性國家（大陸）專有名詞 → 表達「在某個國家」。

例句

- **Elle habite au Danemark.** 她住在丹麥。
- **Il travaille au Japon.** 他在日本工作。
- **Nous allons au Vietnam.** 我們去越南。
- **Vous allez au Portugal.** 你們去葡萄牙。

■ aux + 複數國家專有名詞 → 表達「在某個國家」。

例句

- **Je vais aux États-Unis.** 我去美國。
- **Nous travaillons aux Philippines.** 我們在菲律賓工作。

■ à + 城市或島嶼 → 表達「去某個城市或島嶼」。

例句

- **Je vais à Taipei cet été.** 今年夏天我要去台北。
- **J'habite à Paris.** 我住在巴黎。
- **J'habite à Taïwan.** 我住在台灣。
- **Je suis à Hong Kong.** 我在香港。

■ de + 城市或島嶼 → 表達「來自某城市或島嶼」。

例句

- **Je viens de Vienne.** 我從維也納來。
- **Je viens de Pékin.** 我從北京來。

■ à + 地點 → 表達「去某個特定的地點」。

注意：「介系詞 + 陽性定冠詞 → 合併成另一個字」à + le → au

例句

- **Je vais à la banque.** 我去銀行。
- **Tu vas à la poste?** 你（妳）去郵局嗎？
- **Vous allez au cinéma.** 你們去電影院。
- **Nous allons au restaurant.** 我們去餐廳。

■ dans + 名詞 (= à l'intérieur de) → 表達「在……裡面」。

例句

- **Je suis dans ma chambre.** 我在我的房間裡。
- **Marc lit dans le métro.** 馬克在地鐵上看書。
- **Il travaille dans un grand magasin.** 他在百貨公司裡工作。
- **Les lunettes de soleil sont dans mon sac.** 太陽眼鏡在我的包包裡。

■ sur + 名詞 (= en surface) → 表達「在⋯⋯上面」。

例句

- **Il y a des livres sur la chaise.** 有一些書在椅子上。
- **Posez les livres sur la table.** 請把書放桌上。

■ contre + 名詞 (= en contact avec) → 表達「靠著」。

例句

- **Il a placé le canapé contre le mur.** 他把沙發靠牆擺著。
- **Il y a un lit contre le mur.** 有一張床靠著牆。

■ chez + 名詞 (= dans la maison de ...) → 表達「在某人家」。

注意：如果要說在我家、你家、他家時，chez 後面則需要加上「重讀音代名詞」。

範例：

chez moi	在我家	chez nous	在我們家
chez toi	在你（妳）家	chez vous	在你（您）（們）家
chez lui / elle	在他家 / 在她家	chez eux / chez elles	在他們家 / 在她們家

例句

- **Je vais chez mes amis.** 我去朋友們家。
- **Chez mes parents, il y a un chat.** 在我的父母家，有一隻貓。

■ **打鐵趁熱**：請將下列中文翻譯成法語。

1. 我今年夏天要去美國。

____

2. 我來自台灣。

____

3. 他在百貨公司裡上班。

____

4. 我去電影院。

____

5. 他在日本工作。

____

解答

1. Je vais aux États-Unis cet été.
2. Je viens de Taïwan.
3. Il travaille dans un grand magasin.
4. Je vais au cinéma.
5. Il travaille au Japon.

Tout finit toujours bien, si ça ne va pas, c'est que ce n'est pas la fin.
所有的事情都會有個美好的結局，如果不是，那說明一切還沒有結束。

國家圖書館出版品預行編目資料

法語文法其實沒那麼難！QR Code版 / 洪偉傑著
--修訂初版-- 臺北市：瑞蘭國際, 2022.10
272面；17×23公分 --（繽紛外語；115）
ISBN：978-986-5560-90-4（平裝）

1.CST：法語 2.CST：語法

804.56 111015876

繽紛外語 115

法語文法其實沒那麼難！ QR Code版

作者｜洪偉傑
責任編輯｜葉仲芸、王愿琦
校對｜洪偉傑、葉仲芸、王愿琦

法語錄音｜ Alain Monier、Lise Darbas
錄音室｜采漾錄音製作有限公司
視覺設計｜劉麗雪
插畫｜ 614

瑞蘭國際出版
董事長｜張暖彗 · 社長兼總編輯｜王愿琦
編輯部
副總編輯｜葉仲芸 · 主編｜潘治婷
設計部主任｜陳如琪
業務部
經理｜楊米琪 · 主任｜林湲洵 · 組長｜張毓庭

出版社｜瑞蘭國際有限公司 · 地址｜台北市大安區安和路一段 104 號 7 樓之 1
電話｜ (02)2700-4625 · 傳真｜ (02)2700-4622 · 訂購專線｜ (02)2700-4625
劃撥帳號｜ 19914152 瑞蘭國際有限公司
瑞蘭國際網路書城｜ www.genki-japan.com.tw

法律顧問｜海灣國際法律事務所　呂錦峯律師

總經銷｜聯合發行股份有限公司 · 電話｜ (02)2917-8022、2917-8042
傳真｜ (02)2915-6275、2915-7212 · 印刷｜科億印刷股份有限公司
出版日期｜ 2022 年 10 月初版 1 刷 · 定價｜ 380 元 · ISBN ｜ 978-986-5560-90-4

瑞蘭國際

瑞蘭國際

瑞蘭國際

瑞蘭國際